U0024234

實用生活華語

掌握語用情境
溝通、對話的秘訣

黃麗儀／主編

黃麗儀、張瑛、林姵君、鄭瑋、陳禾霏、
劉怡華、David Strand、龍笛／合著

主編簡介

黃麗儀，美國華盛頓大學語言學博士，曾任中原大學應用華語文學系系主任、中原大學應用華語文學系副教授、景文科技大學英語系副教授、政治大學英文系副教授、政治大學語言視聽教育中心主任、世界華語文教育學會語言中心主任。

學術專長包括：語言學、漢語語言學、句法學、對比語言學與語言教學、第二語言習得、華語文教學、英語文教學、翻譯。

主編序

　　第二語言教學與第一語言教學最大的不同之處就是二語習得者對一開始學習的語言是沒有任何基礎的。所以對教材的依賴程度是極高的。因此教材的好壞相對地在二語習得者目的語的學習成效方面就扮演了非常重要的角色。

　　多年來，許多華語教師在教學時，常常感嘆目前市面上的教材都無法讓人滿意，尤其是在不同的語用情境溝通方面，總得另外花時間編寫補充教材，以滿足教學上的需求。因此使人不得不思考好的華語教材須具備哪些條件。

　　本人認為好的語言教材應具備以下的條件：

1. **以學習者為中心**：

　　注重學習者的語言程度、認知能力、學習需求與興趣及語用溝通能力

2. **以教學語法為主軸**：

　　教材內容應循序漸進，並具系統性

3. **對比分析**：

　　分析目的語與學生母語、目的語文化與學生在地文化、跨文化思維與溝通方式等方面

4. **主動學習**：

　　培養學生主動觀察、思考、分析與內化能力

5. **在地性**：

　　培養學生在其本地華人社區和目的語國家生活層面的實際語言應用能力

　　因此本套華語教材編寫總指標，除了遵循以上的五項要件，並兼具美國ＡＣＴＦＬ的5Cs標準，也就是涵蓋跨語言知識（comparison）、跨文化知識（culture）、在地化（community）、跨學科及實際應用溝通能力（connection and communication）。其目標為提升學生母語與目的語的語言系統的對比分析能力、跨文化

溝通能力以及在不同語用情況下的表達能力，並希望能進一步協助學生成為成功的終身自我學習者！

主編　黃麗儀博士
一〇一年九月二十日

Preface

When we learn our first language, we are constantly exposed to that language. If we try to learn a foreign language, the situation is very different. In the beginning, we know nothing about the target language. If we are trying to learn that language through books, it is important to get the best books we can.

For many years, the books or text books on teaching Chinese as a second language have failed to meet the needs of TCSL learners, especially with respect to the communication skills involved in different speech acts. Teachers using the books have to spend time and effort to prepare extra teaching materials, while the learners have to find other ways to learn the practical communication skills they had hoped to acquire in the classroom.

A good TCSL book should meet the following requirements:

1. Learner-oriented:

   The primary concern should be the language proficiency levels, the cognitive abilities, the needs and interests, and the communicative abilities of the learners.

2. Pedagogical grammar:

   Following the principles of pedagogical grammar, the materials in the book (the grammatical rules, the learning activities, etc.) should be introduced systematically, based on the "i+1" principle of gradually introducing new learning based on what has already been learned.

3. Contrastive analysis:

   Linguistic forms and cultural facts should be compared to raise the awareness and interest of the learners.

4. Autonomous learning:

   The goal of foreign language teaching should be to help the learners to become lifelong successful independent learners.

5. Localization:

   The book as a whole should be related to various realistic situations in the target language environments, so that the learners can use what they have learned to function successfully in those environments.

This series of TCSL books follows the above guidelines, as well as the 5Cs Standards of ACTFL. The aim of this series is to enhance the abilities of TCSL learners with regard to the comparison of the linguistic systems between L1 and L2, cross-cultural communication skills, and the effective performance of different speech acts. The final goal of this TCSL series is to help each learner become a successful lifelong self-learner of Chinese.

說明

　　你可能已經學了一些詞彙、語法，但是不知道什麼時候該用什麼詞彙、語法，或者遇到不同的對象、不同場合該說什麼話。你想要更多、更生活化的詞彙嗎？那麼，《實用生活華語》是你的首選。

　　本書是對來台灣工作，以英語為母語的外國人士所設計的華語自學書，適合初級到中級程度的學習者。不過，也很歡迎對學習中文有興趣的人閱讀。另外，本書文章還加入TOCFL中級程度考試的詞彙。讓想考TOCFL的學習者，可以補充詞彙量及了解詞彙的用法。

　　本書設計了一些角色，你可以把自己當作是主角—尼克，藉由各式各樣日常生活可能會碰到的情境，自然地學習華語。本書除了有英文翻譯幫助學習者理解外，也附上了漢語拼音，幫助你確認自己的發音是否正確。

　　一共有十二個單元：介紹、感謝、問候、請求、邀約、拒絕、抱怨、建議、誇張、讚美、威脅、斷言。一個單元是一類語用溝通方式，每三個對話組成一個單元。**本書的特色**為每一單元皆有該單元具代表性的每日一句，生詞的英文注釋以在對話中的意思為主，且以會話方式呈現該生詞如何實際運用。在單元十二後附上「面試」的補充資料，方便你參考。

　　在這裡要特別感謝黃麗儀博士和張于忻博士的指導，也期待各方學者、讀者給予指教。

祝各位學習者的華語口語能力更加進步！

Introduction

You may have already learned some Chinese words and grammar, but you are unsure when to use them, or what should you say when you are with different people or in different situations. If you find yourself still learning the basics, but want to learn more than just simple phrases, then this book is for you.

This book is a self-learning book, for native English speakers who live and work in Taiwan. It's good for beginner to intermediate level learners, but we welcome anyone with an interest in learning Chinese. In addition, this book has included intermediate level TOCFL vocabulary in each lesson, giving students in preparation for the TOCFL examination supplementary vocabulary lists and grammar usage.

Of the many characters in this book, you can follow along with the protagonist "Nick" who learns Chinese naturally in all kinds of daily situations. We have English translation to help with understanding, and Pinyin to help you make sure your pronunciation is correct.

There are 12 units in total: Introductions, Thanks, Greetings, Requests, Invitations, Refusals, Complaining, Suggestions, Exaggerations, Praise, Threats, and Assertions. Each unit will focus on a kind of language usage, with three conversations in a unit. What makes this book unique is that In the Vocabulary section of each unit, the **precise meaning** of each new word in the dialogue is presented by **a single** English word or phrase following it, and the **usage** of each new word is shown in the following **example dialogue** under each vocabulary item. In addition, in the Daily Sentence section, one **important expression** that is very useful in the specific situation introduced in each conversation of each unit, is chosen, and each conversation in each unit is highlighted with interesting **cultural notes** to tell you the **dos and don'ts** while you are in a Chinese language environment. Also included is a special section on "Interviews" at the end of the book for your reference.

We have worked hard to make sure that the material is accurate, the language is common, and that the book is easy to use; but there may still be some shortcomings, and so we look forward to all the critics' and readers' suggestions. We'd like to specially thank Dr. Li-yi Huang and Dr. Yuxin Zhang for their gracious help in making this book.

And we hope all those studying Chinese can make great progress!

How to Use this Book

At the start of each unit is a colorful picture, to help you to better understand the dialogue.

One important sentence from the dialogue is chosen as the topic and title for each unit. If you don't have enough time to finish the whole unit, you can quickly read through the daily sentences; they are all very useful!

How to Use this Book

The vocabulary chart includes the Chinese characters, part of speech, Pinyin, English translation and a sample sentence or dialogue.
To help you learn how to use the new word correctly from the unit, all new words are used in the dialogue, so that you can clearly understand how they are used in conversation.

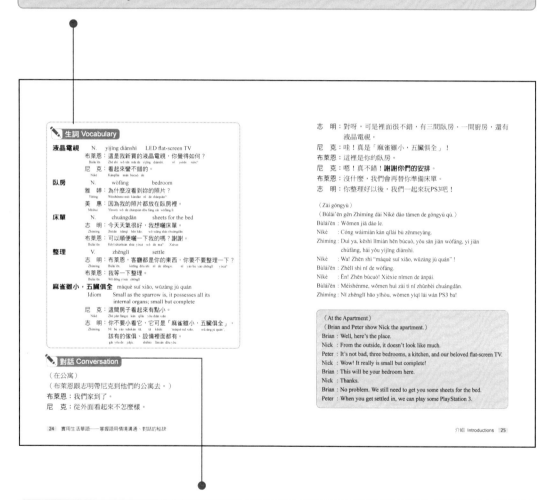

There are many different scenes and characters in the dialogues. English translation is also included, to help you better understand. When reading, you can learn how people talk in everyday conversations, and practice more. Then in the future, if you are in the same situation, you can talk naturally and properly.

How to Use this Book

Practicing grammar isn't boring anymore! We use conversations or pictures to help you understand the grammar, so you shouldn't feel bored studying it.

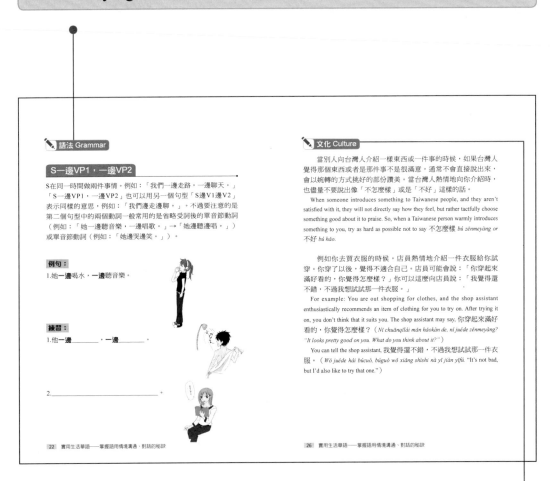

Do you want to learn about Taiwan's interesting culture? After the grammar section in each unit, a special cultural section will introduce different aspects of Taiwan's culture or taboos, to help you easily adjust to living in Taiwan.

How to Use this Book

After finishing a unit, do you want to know how much you retained? Try to do the exercises; it will not only help improve your memory, but also help you know which areas need to be strengthened.

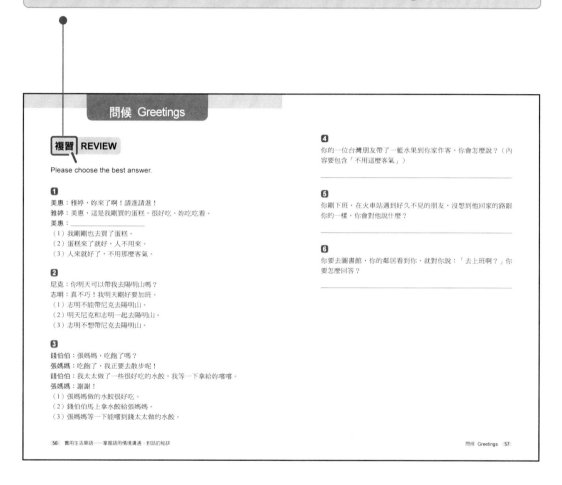

問候 Greetings

複習 REVIEW

Please choose the best answer.

❶
美惠：雅婷，妳來了啊！請進請進！
雅婷：美惠，這是我剛買的蛋糕，很好吃，妳吃吃看。
美惠：＿＿＿＿＿＿＿＿＿
（1）我剛剛也去買了蛋糕。
（2）蛋糕來了就好，人不用來。
（3）人來就好了，不用那麼客氣。

❷
尼克：你明天可以帶我去陽明山嗎？
志明：真不巧！我明天剛好要加班。
（1）志明不能帶尼克去陽明山。
（2）明天尼克和志明一起去陽明山。
（3）志明不想帶尼克去陽明山。

❸
錢伯伯：張媽媽，吃飽了嗎？
張媽媽：吃飽了，我正要去散步呢！
錢伯伯：我太太做了一些很好吃的水餃，我等一下拿給妳嚐嚐。
張媽媽：謝謝！
（1）張媽媽做的水餃很好吃。
（2）錢伯伯馬上拿水餃給張媽媽。
（3）張媽媽等一下能嚐到錢太太做的水餃。

❹
你的一位台灣朋友帶了一籃水果到你家作客，你會怎麼說？（內容要包含「不用這麼客氣」）
＿＿＿＿＿＿＿＿＿

❺
你剛下班，在火車站遇到好久不見的朋友，沒想到他回家的路跟你的一樣，你會對他說什麼？
＿＿＿＿＿＿＿＿＿

❻
你要去圖書館，你的鄰居看到你，就對你說：「去上班啊？」你要怎麼回答？
＿＿＿＿＿＿＿＿＿

Introduction of Characters

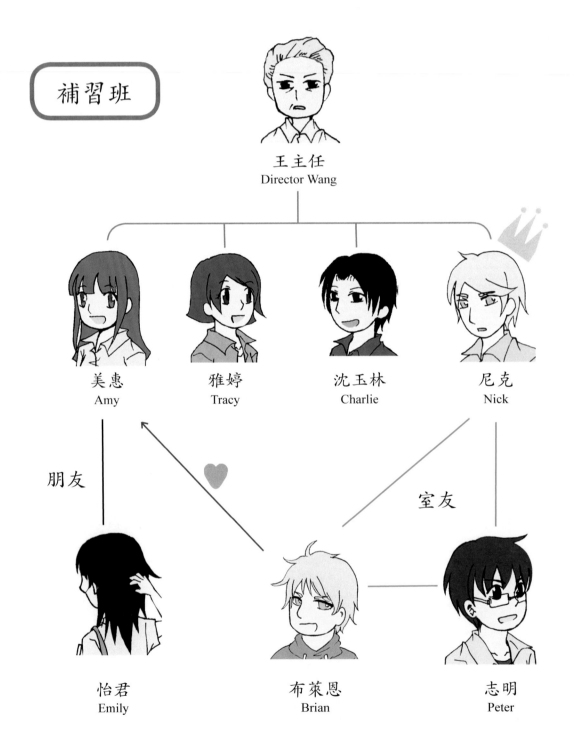

補習班

王主任
Director Wang

美惠
Amy

雅婷
Tracy

沈玉林
Charlie

尼克
Nick

朋友

室友

怡君
Emily

布萊恩
Brian

志明
Peter

contents
contents
目次

Unit 1-1

你看起來過得很好。

Nǐ kàn qǐlái guò de hěn hǎo.

You look like you are doing well.

 每日一句 Daily Sentence

你看起來過得很好。
Nǐ kàn qǐlái guò de hěn hǎo.

看起來 *kàn qǐ lái* is an idiom which means "looks as if ." When you talk about people or the weather, you can use this idiom. For example：今天的天氣看起來很不錯! or 他看起來很年輕. 過得 *guò de* means having passed time. Therefore, if you see a friend you haven't seen for a long time, you may say "You look like you are doing well" as a greeting.

生詞 Vocabulary

邀請　　V.　　yāoqǐng　　invite

布萊恩：尼克，志明邀請我們參加他的結婚典禮，你要去嗎？
Bùlái'ēn：Níkè, Zhìmíng yāoqǐng wǒmen cānjiā tā de jiéhūn diǎnlǐ, nǐ yào qù ma?

尼　克：這是他的大日子，當然要去！
Níkè：Zhè shi tā de dàrizi, dāngrán yào qù!

考慮　　V.　　kǎolǜ　　think

志　明：尼克，你要不要考慮買這本書？它真的很有用。
Zhìmíng：Níkè, nǐ yào bú yào kǎolǜ mǎi zhè běn shū? Tā zhēnde hěn yǒuyòng.

尼　克：好，我考慮一下。
Níkè：Hǎo, wǒ kǎolǜ yíxià.

看起來　　Adv.　　kànqǐlái　　look like

志　明：咳！咳！咳！（咳嗽聲）
Zhìmíng：Ké! Ké! Ké! (késòushēng)

布萊恩：志明，你看起來越來越嚴重了，要不要去看醫生？
Bùlái'ēn：Zhìmíng, nǐ kàn qǐlái yuèláiyuè yánzhòng le, yào bú yào qù kàn yīshēng?

對話 Conversation

（在機場）

（布萊恩邀請尼克來台灣工作，尼克考慮很久之後，決定來台灣工作一年。）

布萊恩：尼克，**你看起來過得很好！**

尼　克：你也是。

布萊恩：我給你介紹一個朋友。他是志明，是我的好朋友，也是我的室友。志明，這是尼克，他是我在美國的高中同學，也是我的好朋友。

尼　克：你好，志明，我是尼克，認識你很高興。

志　明：你好，尼克，認識你我也很高興。

布萊恩：你們肚子餓不餓？

尼克、志明：非常餓！

布萊恩：那麼，我們邊走邊聊吧。

（Zài jīchǎng）

（Bùlái'ēn yāoqǐng Níkè lái Táiwān gōngzuò, Níkè kǎolǜ hěn jiǔ zhīhòu, juédìng lái Táiwān gōngzuò yìnián.）

Bùlái'ēn：Níkè, nǐ kàn qǐlái guò de hěn hǎo!

Níkè ：Nǐ yě shì.

Bùlái'ēn：Wǒ gěi nǐ jièshào yí ge péngyǒu. Tā shì Zhìmíng, shì wǒ de hǎo péngyǒu, yě shì wǒ de shìyǒu. Zhìmíng, zhè shì Níkè, tā shì wǒ zài Měiguó de gāozhōng tóngxué, yě shì wǒ de hǎo péngyǒu.

Níkè ：Nǐ hǎo, Zhìmíng, wǒ shì Níkè, rènshì nǐ hěn gāoxìng.

Zhìmíng：Nǐ hǎo, Níkè, rènshì nǐ wǒ yě hěn gāoxìng.

Bùlái'ēn：Nǐmen dùzi è bú è?

Níkè , Zhìmíng：Fēicháng è!

Bùlái'ēn：Nàme, wǒmen biān zǒu biān liáo ba.

（At the Airport）

（Brian invited Nick to come to Taiwan for work. After thinking it over for a while, Nick decides to come to Taiwan and work for one year.）

Brian：Nick, you look like you are doing well!

Nick：You too.

Brian：Let me introduce my friend. This is Peter, he is a good friend and my roommate.

Peter, this is Nick, he was my high-school classmate in America, he is also a good friend.

Nick：Hello Peter. I'm Nick, nice to meet you.

Peter：Hello Nick, it's nice to meet you too.

Brian：Are you guys hungry?

Nick and Peter：Starving!

Brian：Well then, let's walk and talk.

語法 Grammar

S一邊VP1，一邊VP2

S在同一時間做兩件事情。例如：「我們一邊走路，一邊聊天。」「S一邊VP1，一邊VP2」也可以用另一個句型「S邊V1邊V2」表示同樣的意思，例如：「我們邊走邊聊。」。不過要注意的是第二個句型中的兩個動詞一般常用的是省略受詞後的單音節動詞（例如：「她一邊聽音樂，一邊唱歌。」→「她邊聽邊唱。」）或單音節動詞（例如：「她邊哭邊笑。」）。

例句：

1.她**一邊**喝水，**一邊**聽音樂。

練習：

1.他**一邊**＿＿＿＿＿＿，**一邊**＿＿＿＿＿＿。

2.＿＿＿＿＿＿＿＿＿＿＿＿＿＿＿＿＿＿。

Unit 1-2

謝謝你們的安排。
Xièxie   nǐmen   de   ānpái.
Thank you for your arrangements.

 每日一句 Daily Sentence

謝謝你們的安排。
Xièxie nǐmen de ānpái.

In Taiwan, your Taiwanese friends may offer to help you find accommodations, and help you with your travel itinerary. They may even help plan your travels for you very meticulously. You can say 謝謝你們的安排 *Xièxie nǐmen de ānpái*. They will most likely be very moved by this grateful sentence.

液晶電視　　N.　yìjīng diànshì　　LED flat-screen TV

布萊恩：這是我新買的液晶電視，你覺得如何？
Bùlái'ēn : Zhè shì wǒ xīn mǎi de yìjīng diànshì, nǐ juéde rúhé?

尼　克：看起來蠻不錯的。
Níkè : Kànqǐlái mán búcuò de.

臥房　　N.　wòfáng　　bedroom

雅　婷：為什麼沒看到妳的照片？
Yǎtíng : Wèishénme méi kàndào nǐ de zhàopiàn?

美　惠：因為我的照片都放在臥房裡。
Měihuì : Yīnwèi wǒ de zhàopiàn dōu fàng zài wòfáng lǐ.

床單　　N.　chuángdān　　sheets for the bed

志　明：今天天氣很好，我想曬床單。
Zhìmíng : Jīntiān tiānqì hěn hǎo, wǒ xiǎng shài chuángdān.

布萊恩：可以順便曬一下我的嗎？謝謝。
Bùlái'ēn : Kěyǐ shùnbiàn shài yíxià wǒ de ma? Xièxie.

整理　　V.　zhěnglǐ　　settle

志　明：布萊恩，客廳都是你的東西，你要不要整理一下？
Zhìmíng : Bùlái'ēn, kètīng dōu shì nǐ de dōngxi, nǐ yào bú yào zhěnglǐ yíxià?

布萊恩：我等一下整理。
Bùlái'ēn : Wǒ děng yíxià zhěnglǐ.

麻雀雖小，五臟俱全　máquè suī xiǎo, wǔzàng jù quán

Idiom　　Small as the sparrow is, it possesses all its internal organs; small but complete

尼　克：這間房子看起來有點小。
Níkè : Zhè jiān fángzi kàn qǐlái yǒu diǎn xiǎo.

志　明：你不要小看它，它可是「麻雀雖小，五臟俱全」，
Zhìmíng : Nǐ bú yào xiǎokàn tā, tā kěshì "máquè suī xiǎo, wǔzàng jù quán",

該有的傢俱、設備裡面都有。
gāi yǒu de jiājù, shèbèi lǐmiàn dōu yǒu.

對話 Conversation

（在公寓）

（布萊恩跟志明帶尼克到他們的公寓去。）

布萊恩：我們家到了。

尼　克：從外面看起來不怎麼樣。

志　明：對呀，可是裡面很不錯，有三間臥房、一間廚房，還有液晶電視。

尼　克：哇！真是「麻雀雖小，五臟俱全」！

布萊恩：這裡是你的臥房。

尼　克：嗯！真不錯！**謝謝你們的安排**。

布萊恩：沒什麼，我們會再替你準備床單。

志　明：你整理好以後，我們一起來玩PS3吧！

（Zài gōngyù）

（Bùlái'ēn gēn Zhìmíng dài Níkè dào tāmen de gōngyù qù.）

Bùlái'ēn：Wǒmen jiā dào le.

Níkè　　：Cóng wàimiàn kàn qǐlái bù zěnmeyàng.

Zhìmíng：Duì ya, kěshì lǐmiàn hěn búcuò, yǒu sān jiān wòfáng, yì jiān chúfáng, hái yǒu yìjīng diànshì.

Níkè　　：Wa! Zhēn shì "máquè suī xiǎo, wǔzàng jù quán"!

Bùlái'ēn：Zhèlǐ shì nǐ de wòfáng.

Níkè　　：Ēn! Zhēn búcuò! Xièxie nǐmen de ānpái.

Bùlái'ēn：Méishénme, wǒmen huì zài tì nǐ zhǔnbèi chuángdān.

Zhìmíng：Nǐ zhěnglǐ hǎo yǐhòu, wǒmen yìqǐ lái wán PS3 ba!

（At the Apartment）

（Brian and Peter show Nick the apartment.）

Brian：Well, here's the place.

Nick　：From the outside, it doesn't look like much.

Peter：It's not bad, three bedrooms, a kitchen, and our beloved flat-screen TV.

Nick　：Wow! It really is small but complete!

Brian：This will be your bedroom here.

Nick　：Thanks.

Brian：No problem. We still need to get you some sheets for the bed.

Peter：When you get settled in, we can play some PlayStation 3.

當別人向台灣人介紹一樣東西或一件事的時候，如果台灣人覺得那個東西或者是那件事不是很滿意，通常不會直接說出來，會以婉轉的方式挑好的部份讚美。當台灣人熱情地向你介紹時，也盡量不要說出像「不怎麼樣」或是「不好」這樣的話。

When someone introduces something to Taiwanese people, and they aren't satisfied with it, they will not directly say how they feel, but rather tactfully choose something good about it to praise. So, when a Taiwanese person warmly introduces something to you, try as hard as possible not to say 不怎麼樣 *bú zěnmeyàng* or 不好 *bú hǎo*.

例如你去買衣服的時候，店員熱情地介紹一件衣服給你試穿。你穿了以後，覺得不適合自己。店員可能會說：「你穿起來滿好看的，你覺得怎麼樣？」你可以這麼向店員說：「我覺得還不錯，不過我想試試那一件衣服。」

For example: You are out shopping for clothes, and the shop assistant enthusiastically recommends an item of clothing for you to try on. After trying it on, you don't think that it suits you. The shop assistant may say, 你穿起來滿好看的，你覺得怎麼樣？（*Nǐ chuānqǐlái mǎn hǎokàn de, nǐ juéde zěnmeyàng? "It looks pretty good on you. What do you think about it?"*）

You can tell the shop assistant, 我覺得還不錯，不過我想試試那一件衣服。（*Wǒ juéde hái búcuò, búguò wǒ xiǎng shìshi nà yī jiàn yīfú. "It's not bad, but I'd also like to try that one."*）

Unit 1-3

烤魷魚是本店的招牌菜。

Kǎo yóuyú shì běndiàn de zhāopáicài.

The roast squid is a specialty of this bar.

 每日一句 Daily Sentence

烤魷魚是本店的招牌菜。

Kǎo yóuyú shì běndiàn de zhāopáicài.

　　招牌 *zhāopái* means signboard; but 招牌菜 *zhāopáicài* means signature dish or specialty. If you go to a restaurant or bar, and you are not sure what to order, you can ask the waiter, 你們的招牌菜是什麼? *Nǐmen de zhāopáicài shì shénme?* And he will recommend their most popular dish.

各式各樣　Adj.　gèshì gèyàng　all sorts, kinds, or varieties

怡　君：哇！這裡有各式各樣的椅子。
　　　　Yíjūn　：Wa!　Zhèlǐ yǒu gèshì gèyàng de yǐzi.

美　惠：沒錯，如果你想買椅子的話，這裡有很多椅子
　　　　Měihuì　：Méicuò,　Rúguǒ nǐ xiǎng mǎi yǐzi de huà,　zhèlǐ yǒu hěn duō yǐzi

　　　　可以選擇！
　　　　kěyǐ xuānzé!

雞尾酒　N.　jīwěijiǔ　cocktail

尼　克：你喜歡喝雞尾酒嗎？
　　　　Níkè　：Nǐ xǐhuān hē jīwěijiǔ ma?

志　明：不，我只喝紅酒。
　　　　Zhìmíng　：Bù,　wǒ zhǐ hē hóngjiǔ.

螺絲起子　N.　luósīqǐzi　Screwdriver

尼　克：你喜歡喝螺絲起子嗎？
　　　　Níkè　：Nǐ xǐhuān hē luósī-qǐzi ma?

怡　君：不，我只喜歡喝啤酒。
　　　　Yíjūn　：Bù,　wǒ zhǐ xǐhuān hē píjiǔ.

招牌菜　N.　zhāopáicài　specialty, signature dish

尼　克：我第一次來這家餐廳，你可以介紹一下店裡的
　　　　Níkè　：Wǒ dì-yī cì lái zhè jiā cāntīng,　nǐ kěyǐ jièshào yíxià diàn lǐ de

　　　　招牌菜嗎？
　　　　zhāopáicài ma?

老闆　：沒問題，您一定要嚐嚐本店的招牌菜，只有本店
　　　　lǎobǎn　：Méiwèntí,　nín yídìng yào chángchang běndiàn de zhāopáicài,　zhǐyǒu běndiàn

　　　　才有，您在其他地方是吃不到的！
　　　　cái yǒu,　nín zài qítā dìfāng shì chī búdào de!

乾杯　V.　gānbēi　Bottoms up!

怡　君：來，來，來，大家乾杯，敬志明升經理了。
　　　　Yíjūn　：Lái,　lái,　lái,　dàjiā gānbēi,　jìng Zhìmíng shēng jīnglǐ le.

志　明：謝謝！
　　　　Zhìmíng　：Xièxie!

升官　V.　shēngguān　promote

小　李：恭喜你升官了！日後請你多多照顧啊！
　　　　XiǎoLǐ　：Gōngxǐ nǐ shēngguān le!　Rìhòu qǐng nǐ duōduō zhàogù a!

志　明：謝謝！
　　　　Zhìmíng　：Xièxie!

儘量　　　Adv.　　jìnliàng　as (much, soon, strong, etc.) as possible

怡　君：你有什麼困難就說吧！我能幫忙就一定儘量幫忙！
　　Yíjūn　：Nǐ yǒu shénme kùnnán jiù shuō ba! Wǒ néng bāngmáng jiù yídìng jìnliàng bāngmáng!

布萊恩：我出車禍撞到人了，需要一筆錢。
　　Bùlái'ēn：Wǒ chū chēhuò zhuàngdào rén le, xūyào yì bǐ qián.

 對話 Conversation

（在酒吧裡）

服務生：請問你們要點什麼酒？

志　明：這邊有什麼酒？可以介紹一下嗎？

服務生：我們這邊有各式各樣的啤酒和雞尾酒，其中最受歡迎的
　　　　是螺絲起子。

志　明：對了，這裡有小菜嗎？

服務生：有，**烤魷魚是本店的招牌菜**，建議你們可以試試看。

志　明：好，給我四瓶台灣啤酒和兩盤烤魷魚，謝謝。

美惠、怡君、尼克、志明、布萊恩：乾杯！

美惠、怡君：志明，恭喜你升官。

志　明：謝謝。今天我請客，大家儘量喝，不用客氣。

尼　克：那麼，我們就不客氣了！

（Zài jiǔba lǐ）

Fúwùshēng：Qǐngwèn nǐmen yào diǎn shénme jiǔ?

Zhìmíng　：Zhèbiān yǒu shénme jiǔ? Kěyǐ jièshào yíxià ma?

Fúwùshēng：Wǒmen zhèbiān yǒu gèshì gèyàng de píjiǔ hé jīwěijiǔ, qízhōng zuì
　　　　　shòu huānyíng de shì luósīqǐzi.

Zhìmíng　：Duì le, Zhèlǐ yǒu xiǎocài ma?

Fúwùshēng：Yǒu, kǎo yóuyú shì běndiàn de zhāopáicài, jiànyì nǐmen kěyǐ
　　　　　shìshìkàn.

Zhìmíng　：Hǎo, gěi wǒ sìpíng Táiwān píjiǔ hé liǎngpán kǎo yóuyú, xièxie.

Měihuì, Yíjūn, Níkè, Zhìmíng, Bùlái'ēn : Gānbēi!

Měihuì, Yíjūn : Zhìmíng, gōngxǐ nǐ shēngguān.

Zhìmíng　　 : Xièxie. Jīntiān wǒ qǐngkè, dàjiā jìnliàng hē, bú yòng kèqì.

Níkè　　　　 : Nàme, wǒmen jiù búkèqì le!

（In the bar）

Waiter : What kind of alcoholic beverage would you like?

Peter　 : What kind do you have? Can you introduce a few?

Waiter : In our bar, there are all kinds of beers and cocktails, the most popular one is the Screwdriver.

Peter　 : Oh, do you have any appetizers?

Waiter : Yes, our roast squid is a specialty, I recommend that you give it a try.

Peter　 : OK, give me four bottles of Taiwan Beer and two dishes of roast squid, thanks.

Amy, Emily, Nick, Peter and Brian : Bottoms up!

Amy and Emily : Peter, Congratulations on getting your promotion.

Peter　 : Thanks. I'm treating today, everybody drink as much as possible, and don't be courteous about it.

Nick　 : Well then, we won't!

文化 Culture

　　來到台灣，一定要喝「台灣啤酒」，因為這是台灣最有名的啤酒，而且每年都請明星替他們代言，例如：張惠妹、蘇打綠，所以相當受到年輕人的歡迎。在台灣的酒吧裡，不一定每一家都有烤魷魚，但是他們都有各自的招牌菜。

When you come to Taiwan you must drink Taiwan Beer because it is the most famous beer in Taiwan. Every year famous stars advertise for Taiwan Beer, like A-mei and Sodagreen. So it is popular with young people, and it has a long history as well. Also, in Taiwan's bars, not every bar sells roast squid, but they will have their own specialty snacks.

複習 REVIEW

Please choose the best answer.

1

美惠：雅婷，妳覺得我穿這件衣服怎麼樣？

雅婷：＿＿＿＿＿＿＿＿＿＿＿＿＿＿＿＿＿

請問雅婷**不會**說什麼？

（1）這件衣服很好看。

（2）妳看起來更漂亮了。

（3）這件衣服很便宜。

2

店員：小姐，這件衣服是昨天剛到的，妳穿起來一定很不錯！

美惠：謝謝，我再看看。

請問他們在說什麼？

（1）美惠試穿了這件衣服。

（2）這件衣服過時了。

（3）美惠沒買這件衣服。

3

怡君：你們這裡的甜點種類多不多？

店員：我們這裡有各式各樣的甜點。

請問店員的意思是什麼？

（1）我們甜點的種類很少。

（2）我們甜點的種類很多。

（3）我們不賣蛋糕。

4

你跟你的朋友一起吃飯的時候，你遇到了你的同事，你要怎麼介紹他給你的同事？

_____

5

你的朋友做了蛋糕，但是你覺得不太好吃，你要怎麼跟他說，才不會讓他覺得難過？

_____

6

請在空格處填入適當的詞彙。

| 整理 | 考慮 | 看起來 | 儘量 | 各式各樣 |

店員：本店有_____的蛋糕，歡迎參考看看。

雅婷：哇，這個巧克力蛋糕_____真好吃。

美惠：嗯……很不錯，但是有一點貴。_____選便宜一點的。

店員：那麼，我們還有其他蛋糕，妳們可以_____一下。

Unit 2-1

我就恭敬不如從命了。

Wǒ jiù gōngjìng bùrú cóngmìng le.

It's better to accept than to insist on being polite.

 每日一句 Daily Sentence

我就恭敬不如從命了。
Wǒ jiù gōngjìng bùrú cóngmìng le.

Taiwanese are very kind to foreigners. If you have any problems, they will help you if at all possible. When someone wants to treat you to a meal, you may not want to accept but they insist on treating. You can say 我就恭敬不如從命了 *Wǒ jiù gōngjìng bùrú cóngmìng le.* to receive the invitation.

生詞 Vocabulary

| 多虧 | Adv. | duōkuī | thanks to |
| 感激不盡 | Idiom | gǎnjī bújìn | can't thank sb enough |

雅　婷：多虧有妳幫忙，我才能及時完成這份報告。
Yǎtíng　：Duōkuī yǒu nǐ bāngmáng, wǒ cái néng jíshí wánchéng zhè fèn bàogào.

真是感激不盡！
Zhēn shì gǎnjī bújìn!

美　惠：不用這麼客氣！
Měihuì　：Búyòng zhème kèqì!

 對話 Conversation

尼克：這次多虧有妳，我才可以這麼快就找到工作。
　　　真是感激不盡！
美惠：不用這麼客氣。
尼克：這個週末妳有空嗎？我想請妳吃飯！
美惠：不用破費了。
尼克：妳就讓我請妳吧！
美惠：好吧。那麼，**我就恭敬不如從命了。**

Níkè　：Zhè cì duōkuī yǒu nǐ, wǒ cái kěyǐ zhème kuài jiù zhǎodào gōngzuò. Zhēn shì gǎnjī bújìn!
Měihuì：Búyòng zhème kèqì.
Níkè　：Zhè ge zhōumò nǐ yǒukòng ma? Wǒ xiǎng qǐng nǐ chī fàn!
Měihuì：Búyòng pòfèi le.
Níkè　：Nǐ jiù ràng wǒ qǐng nǐ ba!
Měihuì：Hǎo ba. Nàme, wǒ jiù gōngjìng bùrú cóngmìng le.

Nick : Thanks to your help, I can find a job soon. I really appreciate it!

Amy : No need to be so courteous.

Nick : Do you have free time on this weekend? I want to treat you to a meal!

Amy : No need to waste your money.

Nick : Come on! Let me treat!

Amy : All right. Well, It's better I'd go along rather than to insist on being polite.

文化 Culture

　　當你要感謝台灣人並且要請他們吃飯的時候，通常他們都會客氣地跟你說「不用客氣」，這並不代表他們拒絕你的邀請，而是在台灣的文化裡，馬上答應別人讓他們請客，對他們來說太直接了。所以只要你多邀請他們幾次，他們就會答應你了。

When you want to treat a Taiwanese person to a meal, they will usually say 不用客氣（*búyòng kèqì*）It doesn't mean they are refusing your treat, because for a Taiwanese person, it would be too direct to accept your invitation so quickly. But, if you only try a few more times, they will accept.

Unit 2-2

真不知道該怎麼感謝你。

Zhēn bù zhīdào gāi zěnme gǎnxiè nǐ.

I really don't know how to thank you.

 每日一句 Daily Sentence

真不知道該怎麼感謝你。

Zhēn bù zhīdào gāi zěnme gǎnxiè nǐ.

When somebody does something for you and you really appreciate it, but you only say "thanks" and you don't know what else you can do or say to show your appreciation, then you can say, 真不知道該怎麼感謝你. *Zhēn bù zhīdào gāi zěnme gǎnxiè nǐ.*

撿　　V.　jiǎn　　pick up

美　惠：小明，可以請你撿一下那邊的紙屑嗎？
Měihui ：Xiǎo Míng, kěyǐ qǐng nǐ jiǎn yíxià nàbiān de zhǐxiè ma?

小　明：好。
Xiǎo Míng ：Hǎo.

趟　　M.　tàng
　　　　（quantifier for the number of trips or runs made）

志　明：喂，布萊恩嗎？我忘了把報告帶到公司來了，
Zhìmíng ：Wéi, Bùlái'ēn ma? Wǒ wàngle bǎ bàogào dàidào gōngsī lái le,

可以麻煩你幫我跑一趟嗎？
kěyǐ máfán nǐ bāng wǒ pǎo yí tàng ma?

布萊恩：沒問題。
Bùlái'ēn ：Méi wèntí.

現金　　N.　xiànjīn　　cash
證件　　N.　zhèngjiàn　　credentials, documents
　　　　　　　　　　　　　　（in this case his IDs）

對話 Conversation

（電話）

警察：喂，請問尼克在嗎？

尼克：我就是。

警察：這裡是警察局，有人撿到你的皮夾，可以麻煩你來警察局
　　　一趟嗎？

（尼克到了警察局）

警察：請你檢查一下，裡面的東西有沒有少？

尼克：我的現金和證件都沒少。**真不知道該怎麼感謝你。**

警察：這是我應該做的。

（Diànhuà）

Jǐngchá ：Wéi, qǐngwèn Níkè zài ma?

Níkè　　：Wǒ jiù shì.

Jǐngchá : Zhèlǐ shì jǐngchájú, yǒu rén jiǎndào nǐ de píjiá, kěyǐ máfán nǐ lái jǐngchájú
yí tàng ma?
（Níkè dàole jǐngchájú）
Jǐngchá : Qǐng nǐ jiǎnchá yíxià, lǐmiàn de dōngxi yǒu méiyǒu shǎo?
Níkè   : Wǒ de xiànjīn hé zhèngjiàn dōu méi shǎo. Zhēn bù zhīdào gāi zěnme
gǎnxiè nǐ.
Jǐngchá : Zhè shì wǒ yīnggāi zuò de.

（On the phone)
Police : Hello, is this Nick?
Nick : This is Nick.
Police : This is the police station. Somebody picked up your wallet. Can you
come to police station?
（Nick goes to the police station）
Police : Please check your wallet. Is anything lost?
Nick : It looks as if all my money and IDs are still here. I really don't know
how to thank you.
Police : This is my duty.

文化 Culture

　　如果遇到車禍、遭小偷、重要物品遺失的時候，可以打警察局報案專線「110」。如果證件掉了，幸運地被好心人送到警察局，警察會根據證件上的資料主動與你聯絡。如果失火、發現蜂窩（beehive）、或者有人求救，可以打火災急難救助（emergency）專線「119」。請一定要記住這兩個可以及時幫助你的專線！

If you are in a car accident, the victim of burglars, or lose something important, you can call 110. If you lose your documents or ID, and a kind person picks it up and returns it to the police station, the police will call you according to the information on your credentials. If there is a fire, or you find someone who needs help, or if you find a beehive, then you can call the Fire Emergency Help Number 119. Please remember that these two numbers can help you at the right time!

Unit 2-3

我最近對做餅乾很感興趣。

Wǒ zuìjìn duì zuò bǐnggān hěn gǎnxìngqù.
Recently, I've been very interested in making cookies.

 每日一句 Daily Sentence

我最近對做餅乾很感興趣。
Wǒ zuìjìn duì zuò bǐnggān hěn gǎnxìngqù.

If you are interested in something, and you want to learn more or do it, you can say "我對 something 感興趣." Also, before 感興趣 gǎnxìngqù, you can add 很 hěn, meaning that you are really interested in something. For example:
我對書法（*shūfǎ*, "callighraphy"）很感興趣。
我對棒球比賽（*bàngqiú bǐsài,* "baseball game"）很感興趣。

生詞 Vocabulary

烤箱　　　N.　　kǎoxiāng　　an oven

當天　　　N.　　dāngtiān　　on that day

美　惠：母親節當天你要做什麼？
Měihuì　：Mǔqīnjié　dāngtiān nǐ yào zuò shénme?

志　明：請我媽媽到餐廳吃飯。
Zhìmíng　：Qǐng wǒ māma dào cāntīng chī fàn.

親手　　　Adv.　　qīnshǒu　　by oneself

美　惠：生日快樂！送妳這條圍巾！是我親手織的喔！
Měihuì　：Shēngrì kuàilè!　Sòng nǐ zhè tiáo wéijīn!　Shì wǒ qīnshǒu zhī de o!

怡　君：謝謝!我會好好珍惜它的。
Yíjūn　：Xièxie!　Wǒ huì hǎohǎo zhēnxí　tā de.

感興趣　　　V.　　gǎnxìngqù　　be interested in (something)

布萊恩：尼克對中文很感興趣。
Bùláiēn　：Níkè　duì Zhōngwén hěn gǎnxingqù.

志　明：也許他可以到外面的語言中心去學。
Zhìmíng　：Yěxǔ tā　kěyǐ dào wàimiàn de　yǔyán zhōngxīn qù xué.

口福　　　N.　　kǒufú　　The luck of getting something very nice to eat

美　惠：這是我昨天烤的餅乾，妳吃吃看。
Měihuì　：Zhè shì wǒ zuótiān kǎo de bǐnggān,　nǐ chīchī kàn.

雅　婷：很好吃！以後娶到妳的人真有口福。
Yātíng　：Hěn hǎo chī!　Yǐhòu　qǔ dào nǐ de rén zhēn yǒu kǒufú.

對話 Conversation

美惠：謝謝妳借我烤箱，讓我可以在母親節當天親手做蛋糕給我
　　　媽媽吃。

雅婷：不要這麼說，我們是好朋友。

美惠：那麼，下個星期還可以再跟妳借烤箱嗎？**我最近對做餅乾
　　　很感興趣**，想試著做做看。

雅婷：那有什麼問題。看來我有口福了！

Měihuì : Xièxie nǐ jiè wǒ kǎoxiāng, ràng wǒ kěyǐ zài mǔqīnjié dāngtiān qīnshǒu zuò dàngāo gěi wǒ māma chī.

Yàtíng : Bú yào zhème shuō, wǒmen shì hǎo péngyǒu.

Měihuì : Nàme, xià ge xīngqí hái kěyǐ zài gēn nǐ jiè kǎoxiāng ma? Wǒ zuìjìn duì zuò bǐnggān hěn gǎnxìngqù, xiǎng shìzhe zuòzuò kàn.

Yàtíng : Nà yǒu shénme wèntí. Kànlái wǒ yǒu kǒufú le!

Amy : Thank you for lending your oven, so that I can personally make a cake for my mother on Mother's Day.

Tracy : No need to say that, we are good friends.

Amy : Well, could you lend me your oven again next week? I've been very interested in making cookies recently, and I want to try to do it.

Tracy : That's no problem. It seems that I have the luck of being able to eat delicious cookies!

語法 Grammar

看來+ Clause

「看來」要用在句子的最前面，然後再根據事情的情況，說出自己觀察或推測的結果。

例句：

1. 當你走到外面，看到天空很陰暗，可以說：
   「**看來**好像要下雨了。」

2. 美惠：我從昨天開始就一直咳嗽。
   雅婷：**看來**妳感冒了。

3. 尼克：那個小孩子在路上一邊哭一邊喊媽媽。
   志明：**看來**他可能迷路了，我們去幫他吧！

練習：

1. 尼　克：志明最近心情不太好，而且每天都工作到半夜。
   布萊恩：看來＿＿＿＿＿＿＿＿＿＿可能出問題了。

2. 雅婷：去年買的這件裙子我穿不下了。
   美惠：＿＿＿＿＿＿＿＿＿＿。（胖）

3. 志明：外面下雨了。
   尼克：＿＿＿＿＿＿＿＿＿＿。（玩）

複習 REVIEW

Please choose the best answer.

1

趙先生：每次都讓你破費，這次這一頓飯一定要算我的。

志　明：那麼，我就恭敬不如從命了！

（1）每次吃飯都是趙先生付錢。

（2）這頓飯錢由趙先生付。

（3）志明不想讓趙先生付飯錢。

2

尼克：多虧有你，不然我真不知道怎麼拒絕那個推銷員。

志明：這沒什麼。

下面的句子哪個**不正確**？

（1）尼克很感謝志明的幫忙。

（2）如果沒有志明，尼克沒辦法拒絕推銷員。

（3）志明覺得推銷員沒什麼。

3

怡君：已經一點半了。看來志明是不會來了。

美惠：說不定他有事耽擱了，我們再等等吧！

（1）志明在等美惠和怡君來。

（2）志明可能會來。

（3）志明一定不會來。

4

你的台灣朋友幫了你很多忙，你想請他吃飯，要怎麼說？如果他說「不用客氣」，你還會繼續邀請他嗎？

_____

5

請在空格處填入適當的句子：

美惠：怎麼辦？我找不到手機。

雅婷：不要急，我們一起找找看。

（一個小時後）

雅婷：我找到了！美惠，這是妳的手機，對吧？

美惠：對！太好了，_____。

6

請在空格處填入適當的詞彙。

感興趣　　次　　看來　　趟　　口福

志　明：你們明天下班後，要不要和我一起回我家一_____？

尼　克：有什麼事嗎？

志　明：我媽媽最近對做蛋糕很_____，每天都吃得到蛋糕，
　　　　你要不要來？

布萊恩：我要去！_____我們有_____了。

Unit 3-1

不用這麼客氣。

Búyòng zhème kèqì.

No need to be so courteous.

 每日一句 Daily Sentence

不用這麼客氣 = 不用那麼客氣
Búyòng zhème kèqì = Búyòng nàme kèqì

這麼 *zhème* and 那麼 *nàme* both mean "so much." When one of them is combined with 不用客氣 *búyòng kèqì* "You're welcome.", its meaning is extended to "No need to be **so** polite" or "No need to be **so** courteous."

Use this phrase whenever someone is being overly polite, generally when someone is offering you a gift.

生詞 Vocabulary

作客　　　V.　　zuòkè　　　to be a guest

尼克：明天我要去志明家作客，我應該準備些什麼？
Níkè ： Míngtiān wǒ yào qù Zhìmíng jiā zuòkè,　wǒ yīnggāi zhǔnbèi xiē shénme?

美惠：你可以帶一些禮物去，例如：水果、茶葉……都可以。
Měihuì ： Nǐ kěyǐ dài yìxiē lǐwù qù,　lìrú : shuǐguǒ,　cháyè …… dōu kěyǐ.

茶葉　　　N.　　cháyè　　　tea; tea leaves

 對話 Conversation

（尼克到志明家作客。）

志　明：進來吧！

尼　克：張媽媽，您好。這包茶葉送給您。

張媽媽：人來就好了，**不用這麼客氣**。晚上留下來吃飯吧。

（Níkè dào Zhìmíng jiā zuòkè.）

Zhìmíng 　　　: Jìnlái ba!

Níkè 　　　　: Zhāng māma, nín hǎo. Zhè bāo cháyè sònggěi nín.

Zhāng māma : Rén lái jiù hǎo le, búyòng zhème kèqì.

　　　　　　　Wǎnshàng liú xiàlái chī fàn ba.

（Nick arrives at Peter's house as a guest）

Peter 　　　: Come in!

Nick 　　　: Mrs. Zhang, hello. This bag of tea is a gift for you.

Mrs. Zhang : Just having guests over is enough, no need to be so polite.

文化 Culture

作客：

　　台灣人去別人家作客時，習慣帶伴手禮去主人家，表示客氣、禮貌。伴手禮通常是食物或者水果，也能在作客時跟主人一起分享。

　　伴手禮不能送傘、扇子、時鐘，因為中文的「傘」、「扇」的發音跟「散」很像，「送傘」、「送扇」表示朋友分散的意思；中文的「送鐘」的發音和「送終」一樣，「送終」是一個人死掉時送他最後一程，這是不吉利的事。所以台灣人忌諱送這三種禮物。

Being a Guest:

When a Taiwanese person goes to another person's house as a guest, their habit is to bring a gift to the host's house. This expresses politeness and manners. Usually the gift will be food or fruit, and you can often partake with the host together.

In gift giving, you should not give an umbrella, a fan, or a clock. In Chinese, the words for umbrella（傘 *sǎn*）and fan（扇 *shàn*）sound like 散 *sàn*, which is like 分散 *fēnsàn* (to scatter or disperse), in other words breaking up the party. In Chinese the word 送鐘 *sòng zhōng* "to give a clock" sounds just like 送終 *sòng zhōng*, which means "to pay one's last respects." This is an ominous affair, so it is taboo among Taiwanese to give these as gifts.

Unit 3-2

好巧啊！
Hǎo qiǎo a!
What a coincidence!

 每日一句 Daily Sentence

好巧啊！
Hǎo qiǎo a!

   Use this phrase when unexpectedly running into a friend or aquaintance, 好巧啊 *hǎo qiǎo a*! It can also be used if something is very coincidental, such as wearing the same clothes.

   You can also say: 這麼巧 *zhème qiǎo* or 那麼巧 *nàme qiǎo*.

生詞 Vocabulary

遇   V.   yù   to meet

尼　克：去陽明山賞花好玩嗎？
Níkè   : Qù Yángmíngshān shǎng huā hǎo wán ma?

美　惠：很好玩，我還在陽明山遇到志明呢！
Měihuì   : Hěn hǎo wán,   wǒ hái zài Yángmíngshān yùdào Zhìmíng ne!

巧   Adj.   qiǎo   coincidentally

雅　婷：美惠！好巧啊！今天我們都穿裙子來上班。
Yǎtíng   : Měihuì!   Hǎo qiǎo a!   Jīntiān   wǒmen dōu chuān qúnzi lái shàngbān.

美　惠：是啊，這條是我新買的裙子，好看嗎？
Měihuì   : Shì a,   zhè tiáo shì wǒ xīn mǎi de qúnzi,   hǎokàn ma?

耐穿   Adj.   nàichuān   durable; to stand wear

怡　君：美惠，我想買一條新褲子，妳覺得哪一種比較好？
Yíjūn   : Měihuì,   wǒ xiǎng mǎi yì tiáo xīn kùzi,   nǐ   juéde   nǎ   yì zhǒng bǐjiào hǎo?

美　惠：妳可以買牛仔褲，便宜又耐穿。
Měihuì   : Nǐ   kěyǐ mǎi niúzǎikù,   piányí yòu nàichuān.

促銷   V.   cùxiāo   have a sales promotion; promote sales

志　明：媽，妳要出去啊？
Zhìmíng : Mā,   nǐ yào chūqù   a?

張媽媽：是啊，路口那家超市在做促銷活動，我想去看看。
Zhāng māma : Shì a,   lùkǒu nà jiā chāoshì zài zuò cùxiāo huódòng,   wǒ xiǎng qù kànkan.

對話 Conversation

（美惠跟雅婷在路上巧遇。）

雅婷：美惠，妳也來逛街啊？

美惠：對啊！**好巧啊！**

雅婷：妳買了什麼東西？

美惠：我剛剛去那家店買了鞋子。那家店賣的鞋子很耐穿，而且現在在促銷。

雅婷：真的嗎？那麼，我現在馬上去買一雙。

（Měihuì gēn Yǎtíng zài lùshàng qiǎoyù.）

Yǎtíng : Měihuì, nǐ yě lái guàngjiē a?

Měihuì : Duì a! Hǎo qiǎo a!

Yătíng : Nǐ mǎile shénme dōngxi?

Měihuì : Wǒ gānggāng qù nà jiā diàn mǎile xiézi. Nà jiā diàn mài de xiézi hěn nàichuān, érqiě xiànzài zài cùxiāo.

Yătíng : Zhēnde ma? Nàme, wǒ xiànzài mǎshàng qù mǎi yì shuāng.

（Amy and Tracy bump into each other on the street.）

Tracy : Amy, you are also going window shopping?

Amy : Yeah! What a coincidence!

Tracy : What did you buy?

Amy : I was just at that store buying shoes. The shoes that store sells are very durable, and they are having a promotion right now.

Tracy : Really? Well, I should go there right now and buy a pair.

文化 Culture

十元起：金額旁邊「起」通常寫得很小，最主要是讓消費者不容易看到，所以購物時，一定要注意金額旁邊有沒有一個小小的「起」字。

10 and Up : If you look next to the price, you will often see the character "起" written very small. The main point of this is not to let the customer see it, so when you are shopping you should be careful and look at the price to see if there is a very small "起" written next to it.

「起」是以上的意思。例如：100元起，就是100元以上。

"起" means "...more than" or "...and up." For example "100元起" means "100 and up."

Unit 3-3

你出來散步啊？

Nǐ chūlái sànbù a?

Are you going for a walk?

 每日一句 Daily Sentence

你出來散步啊？

Nǐ chūlái sànbù a?

"你出來散步啊？" or "去買東西嗎？" and even, "去上課/上班嗎？"

These seemingly overt statements of the obvious are just conversation starters, and are considered polite. They are nice greetings, a way to politely acknowledge the other person. You may hear them frequently, to the point where you will understand that the other person is not probing into your personal life, but rather showing concern for your well-being.

生詞 Vocabulary

涼亭	N.	liángtíng	pavilion

下棋 V. xià qí to play chess

錢伯伯：志明，來跟我下一局棋。
Qián bóbo : Zhìmíng, lái gēn wǒ xià yì jú qí.

志　明：好，我馬上來。
Zhìmíng : Hǎo, wǒ mǎshàng lái.

泡茶 V. pàochá to brew tea

張媽媽：志明，快泡茶給客人喝。
Zhāng māma : Zhìmíng, kuài pào chá gěi kèrén hē.

志　明：好，我知道了。
Zhìmíng : Hǎo, wǒ zhīdàole.

 對話 Conversation

（張媽媽在公園散步遇到錢伯伯。）

錢伯伯：張太太，吃飽了沒？

張媽媽：吃飽了。老錢，**你出來散步啊**？

錢伯伯：不是，我要去公園的涼亭找人下棋。

張媽媽：等一下要不要來我家泡茶？

錢伯伯：好，我下完棋就過去。

（Zhāng māma zài gōngyuán sànbù yùdào Qián bóbo.）

Qián bóbo　　 : Zhāng tàitai, chībǎo le méi?

Zhāng māma : Chībǎo le. Lǎo Qián, nǐ chūlái sànbù a?

Qián bóbo　　 : Bú shì, wǒ yào qù gōngyuán de liángtíng zhǎo rén xià qí.

Zhāng māma : Děng yíxià yào bú yào lái wǒ jiā pào chá?

Qián bóbo　　 : Hǎo, wǒ xià wán qí jiù guòqù.

（Mrs. Zhang is going for a walk in the park and meets Uncle Qian）

Uncle Qian : Mrs. Zhang, have you eaten yet?

Mrs. Zhang : I've eaten. Lao Qian, did you come out for a walk?

Uncle Qian : No, I'm going to the park pavilion to find someone to play chess with.

Mrs. Zhang : In a while would you like to come to my house for tea?

Uncle Qian : Ok, when I'm done playing chess, I'll come over.

 文化 Culture

老人活動：

在閒暇的時候，台灣的老人家喜歡聚在公園或社區的活動中心泡茶、聊時事、下棋、跳舞、運動或其他活動。

Elderly people's activities:

During their leisure time, older Taiwanese like to assemble at a public park or community center and make tea, chat about current things, play chess, dance, participate in sports, or other activities.

 **語法 Grammar**

V-完

常用在以下兩種句型中：

句型1：S + V-完+ O了。

　　　表示S完成某個動作了。

例句：

　　她寫作業。　　　　　　　她**寫完**作業了。

句型2：S + V1-完+O，就VP2了。

　　　表示S完成V1的動作後，接著馬上做VP2的動作。

例句：

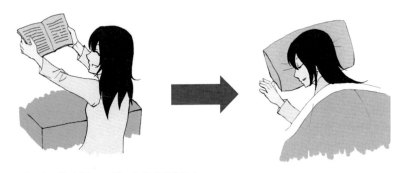

她**寫完**作業，就去睡覺了。

練習：

1.

他跑步。

他＿＿＿＿＿＿了。

他＿＿＿＿＿＿，就＿＿＿＿＿＿了。

2.

她＿＿＿＿＿＿，就＿＿＿＿＿＿了。

複習 REVIEW

Please choose the best answer.

1

美惠：雅婷，妳來了啊！請進請進！

雅婷：美惠，這是我剛買的蛋糕，很好吃，妳吃吃看。

美惠：＿＿＿＿＿＿＿＿＿＿＿＿＿

（1）我剛剛也去買了蛋糕。

（2）蛋糕來了就好，人不用來。

（3）人來就好了，不用那麼客氣。

2

尼克：你明天可以帶我去陽明山嗎？

志明：真不巧！我明天剛好要加班。

（1）志明不能帶尼克去陽明山。

（2）明天尼克和志明一起去陽明山。

（3）志明不想帶尼克去陽明山。

3

錢伯伯：張媽媽，吃飽了嗎？

張媽媽：吃飽了，我正要去散步呢！

錢伯伯：我太太做了一些很好吃的水餃，我等一下拿給妳嚐嚐。

張媽媽：謝謝！

（1）張媽媽做的水餃很好吃。

（2）錢伯伯馬上拿水餃給張媽媽。

（3）張媽媽等一下能嚐到錢太太做的水餃。

4

你的一位台灣朋友帶了一籃水果到你家作客，你會怎麼說？（內容要包含「不用這麼客氣」）

5

你剛下班，在火車站遇到好久不見的朋友，沒想到他回家的路跟你的一樣，你會對他說什麼？

6

你要去圖書館，你的鄰居看到你，就對你說：「去上班啊？」你要怎麼回答？

Unit 4-1

可以麻煩妳帶他四處看看嗎？

Kěyǐ máfán nǐ dài tā sìchù kànkan ma?

Can I trouble you to show him all around?

每日一句 Daily Sentence

可以麻煩妳帶他四處看看嗎？

Kěyǐ máfán nǐ dài tā sìchù kànkàn ma?

The use of 麻煩 *máfán* in this sentence is a polite way of asking someone to help you. For instance, your friend comes to visit you for the first time, but you don't have any time to take him around, you can find another friend who lives nearby and ask him/her to take him around. You can ask him/her,"可以麻煩你/妳帶他四處看看嗎？"

生詞 Vocabulary

| 四處 | V. | sìchù | all over the place |

張媽媽：我們好久沒有去旅行了。
Zhāng māma : Wǒmen hǎo jiǔ méiyǒu qù lǚxíngle.

張爸爸：我們改天去四處走走吧！
Zhāng bàba : Wǒmen gǎitiān qù sìchù zǒuzǒu ba !

| 熟 | Adj. | shóu | familiar |

怡　君：妳對台中熟嗎？
Yíjūn : Nǐ duì Táizhōng shóu ma?

美　惠：不太熟，我只去過一次。
Měihuì : Bú tài shóu, wǒ zhǐ qùguò yí cì.

 對話 Conversation

布萊恩：我來介紹一下。尼克，她是我在台灣認識的好朋友，
美美，現在在旅行社上班。美美，他是我的大學同學，
尼克。

尼　克：美美，認識妳，很高興。

美　美：認識你，我也很高興。

布萊恩：因為尼克剛從美國來，所以對台灣不熟，**可以麻煩妳帶
他四處看看嗎**？

美　美：沒問題。

Bùlái'ēn : Wǒ lái jièshào yíxià. Níkè, tā shì wǒ zài Táiwān rènshì de hǎo péngyǒu,
Měiměi, xiànzài zài lǚxíngshè shàngbān. Měiměi, tā shì wǒ de dàxué
tóngxué, Níkè.

Níkè : Měiměi, rènshì nǐ, hěn gāoxìng.

Měiměi : Rènshì nǐ, wǒ yě hěn gāoxìng.

Bùlái'ēn : Yīnwèi Níkè gāng cóng Měiguó lái, suǒyǐ duì Táiwān bù shóu, kěyǐ
máfán nǐ dài tā sìchù kànkàn ma?

Měiměi : Méi wèntí.

Brian : Let me introduce you two. Nick, this is a good friend that I met while here in Taiwan, Meimei. She currently works at a travel agency. Meimei, this is my classmate from University, Nick.

Nick : Meimei, pleased to meet you.

Meimei : Nice to meet you too.

Brian : Because Nick is from America, he isn't very familiar with Taiwan. Could I trouble you to show him all around?

Meimei : No problem.

Unit 4-2

可以幫我跟他說一聲嗎？

Kěyǐ bāng wǒ gēn tā shuō yìshēng ma?

Can you help me, by telling him?

 每日一句 Daily Sentence

可以幫我跟他說一聲嗎？
Kěyǐ bāng wǒ gēn tā shuō yìshēng ma?

　You want to tell someone something, but you don't have time, or maybe you feel embarrassed talking about it in someone else's presence. You can ask your friend to tell them for you, saying：可以幫我跟他說一聲嗎？

生詞 Vocabulary

說一聲　Fixed expression　shuō yìshēng　say; tell

志明：今晚的聚會我不去了，幫我跟他們說一聲，好嗎？
Zhìmíng：Jīnwǎn de jùhuì wǒ bú qù le, bāng wǒ gēn tāmen shuō yìshēng, hǎo ma?

尼克：好。
Níkè　：Hǎo.

不過　Adv.　búguò　but; however

雅婷：這件紅色外套好看嗎？
Yǎtíng：Zhè jiàn hóngsè wàitào hǎo kàn ma?

美惠：嗯，很不錯。不過我覺得黑色這件比較適合妳。
Měihuì：Ēn, hěn búcuò. Búguò wǒ juéde hēisè zhè jiàn bǐjiào shìhé nǐ.

對話 Conversation

雅婷：美惠，我有事出去一下。如果主任找我，**可以幫我跟他說一聲嗎**？

美惠：沒問題，不過妳要出去多久？

雅婷：很快就回來。拜託妳了！謝謝！

Yǎtíng：Měihuì, wǒ yǒu shì chūqù yíxià. Rúguǒ zhǔrèn zhǎo wǒ, kěyǐ bāng wǒ gēn tā shuō yìshēng ma?

Měihuì：Méi wèntí, búguò nǐ yào chūqù duōjiǔ?

Yǎtíng：Hěn kuài jiù huílái le. Bàituō nǐ le! Xièxie!

Tracy：Amy, I have something to do and am going out. If the director asks, can you help me by telling him?

Amy　：No problem, but how long will you be gone?

Tracy：I'll be right back. I really appreciate your help! Thanks.

Unit 4-3

我身體不太舒服，可不可以提早回去？

Wǒ shēntǐ bú tài shūfú, kě bù kěyǐ tízǎo huíqù?

I'm not feeling very well. Can I go home early?

每日一句 Daily Sentence

我身體不太舒服，可不可以提早回去？

Wǒ shēntǐ bú tài shūfú, kě bù kěyǐ tízǎo huíqù?

When you are not feeling well or you have work to do and must leave early, you can say：我可不可以提早回去? 回去 *huíqù* means to go home. This sentence usually would be asked of your boss or teacher. Before using this, you may start by describing the reason that you have to leave early. For example：我突然有急事，可不可以提早回去？

生詞 Vocabulary

提早　　Adv.　tízǎo　　early; ahead of schedule

美惠：我明天會提早下班，我們一起去逛街吧！
Měihuì：Wǒ míngtiān huì tízǎo xiàbān, wǒmen yìqǐ qù guàngjiē ba!

怡君：好啊！
Yíjūn：Hǎo a!

生理痛　N.　shēnglǐtòng　menstrual pain

 對話 Conversation

雅婷：主任，不好意思。

主任：有什麼事嗎？

雅婷：**我身體不太舒服，可不可以提早回去？**

主任：是哪裡不舒服？

雅婷：我生理痛……

主任：這樣的話，妳早點回去休息吧！

雅婷：謝謝主任！

Yǎtíng：Zhǔrèn, bùhǎoyìsi.

Zhǔrèn：Yǒu shénme shì ma?

Yǎtíng：Wǒ shēntǐ bú tài shūfú, kě bù kěyǐ tízǎo huíqù?

Zhǔrèn：Shì nǎlǐ bù shūfú? Yǎtíng：Wǒ shēnglǐtòng...

Zhǔrèn：Zhèyàng de huà, nǐ zǎodiǎn huíqù xiūxí ba!

Yǎtíng：Xièxie zhǔrèn!

Tracy　　　：Excuse me, Director.

Director：What is it?

Tracy　　　：I'm not feeling very well. Can I go home early?

Director：What's the problem?

Tracy　　　：I'm having menstrual pains…

Director：If that's it, then you should go home early and rest!

Tracy　　　：Thank you, director!

複習 REVIEW

Please choose the best answer.

1

尼　克：這把湯匙很髒，＿＿＿＿＿＿＿＿＿＿
服務生：好的，請稍等。
（1）請替我換一把。
（2）我不喜歡湯匙。
（3）麻煩給我一杯水。

2

尼克：請問這附近哪裡有出租摩托車的店？
路人：＿＿＿＿＿＿＿＿＿＿＿。
請選出**不適當**的回答。
（1）往前直走就有一家。
（2）火車站在前面。
（3）我不清楚。

3

雅婷：這裡是圖書館，請你們說話小聲一點。
民眾甲和乙：＿＿＿＿＿＿＿＿＿＿。
（1）我把你的茶杯弄倒了。
（2）圖書館好多書。
（3）對不起。

4

布萊恩：我現在要去便利商店。

美　惠：＿＿＿＿＿＿＿＿＿＿＿＿＿？（可不可以）

5

志明：＿＿＿＿＿＿＿＿＿＿＿＿＿？（提早／說一聲）

同事：沒問題，不過別忘了請假。

6

尼克：可以麻煩＿＿＿＿＿＿＿＿＿＿＿＿＿？

雅婷：沒問題。

Unit 5-1

妳今天晚上有空嗎？

Nǐ　jīntiān　wǎnshàng　yǒu kòng ma?

Are you free tonight?

 每日一句 Daily Sentence

你今天晚上有空嗎？
Nǐ jīntiān wǎnshàng yǒu kòng ma?

　　If someone asks you if at sometime（today, tomorrow, next week…）are you free? 你＋時間（今天、明天、下星期……）有空嗎？ The question may imply one of two things: they may be asking if you are free to help them do something, or they may be inviting you out to eat or go do something. So when someone asks you this question, you can ask 有什麼事嗎？ *Yǒu shénme shì ma?* "What's the matter?"

　　They should tell you their intent clearly.

生詞 Vocabulary

派對　　　N.　　pàiduì　　party

雅　婷：今天晚上有一個派對，妳要不要去？
Yǎtíng ：Jīntiān wǎnshàng yǒu yí ge pàiduì, nǐ yào bú yào qù?

美　惠：對不起，我不能去。今天晚上，我要準備教材。
Měihuì ：Duìbùqǐ, wǒ bù néng qù. Jīntiān wǎnshàng wǒ yào zhǔnbèi jiàocái.

慶生　　　V.　　qìngshēng　　celebrate sb's birthday

布萊恩：志明，你在做什麼？
Bùlái'ēn ：Zhìmíng, nǐ zài zuò shénme?

志　明：我正在準備尼克的慶生會。
Zhìmíng ：Wǒ zhèngzài zhǔnbèi Níkè de qìngshēnghuì.

補送　　　V.　　bǔsòng　　make a deferred gift

怡　君：在國外買的紀念品我忘了帶來，明天再補送給妳。
Yíjūn ：Zài guówài mǎi de jìniànpǐn wǒ wàngle dàilái, míngtiān zài bǔsòng gěi nǐ.

美　惠：謝謝。
Měihuì ：Xièxie.

對話 Conversation

（尼克邀請美惠參加他的生日派對。）

尼克：美惠，**妳今天晚上有空嗎**？

美惠：有什麼事嗎？

尼克：今天是我的生日，志明和布萊恩要幫我慶生，妳要不要來？

美惠：好啊！先祝你生日快樂！

（這個時候，雅婷剛好經過。）

雅婷：你們在聊什麼聊得這麼開心？

尼克：雅婷，妳要不要跟美惠一起來參加我的生日派對？

雅婷：當然要去！可是我沒有準備禮物，下次再補送給你。

尼克：沒關係，人來就好了，不用這麼客氣。

（Níkè yāoqǐng Měihuì cānjiā tā de shēngrì pàiduì.）

Níkè ：Měihuì, nǐ jīntiān wǎnshàng yǒu kòng ma?

Měihuì：Yǒu shénme shì ma?

Níkè ：Jīntiān shì wǒ de shēngrì, Zhìmíng hé Bùlái'ēn yào bāng wǒ qìngshēng, nǐ yào bú yào lái?

Měihuì：Hǎo a! Xiān zhù nǐ shēngrì kuàilè!

（Zhège shíhòu, Yǎtíng gānghǎo jīngguò.）

Yǎtíng：Nǐmen zài liáo shénme liáo de zhème kāixīn?

Níkè ：Yǎtíng, nǐ yào bú yào gēn Měihuì yìqǐ lái cānjiā wǒ de shēngrì pàiduì?

Yǎtíng：Dāngrán yào qù! Kěshì wǒ méiyǒu zhǔnbèi lǐwù, xiàcì zài bǔsòng gěi nǐ.

Níkè ：Méi guānxi, rén lái jiù hǎo le, búyòng zhème kèqì.

（Nick invites Amy to participate in his birthday party.）

Nick ：Amy, are you free tonight?

Amy ：What's the matter?

Nick ：Today is my birthday, Peter and Brian will come to celebrate my birthday, will you come?

Amy ：Of course! But first let me wish you a Happy Birthday!

（At this time Tracy passes by.）

Tracy：What are you guys talking about so happily?

Nick ：Tracy, do you want to come to my birthday party with Amy?

Tracy：Of course! But I don't have a gift prepared. Let me give you a gift next time I see you.

Nick ：It doesn't matter. Just having guests over is enough. No need to be so courteous.

Unit 5-2

那麼還等什麼？

Nàme hái děng shénme?

What are you waiting for?

 每日一句 Daily Sentence

那麼還等什麼？
Nàme hái děng shénme?

    This sentence means that "someone is too impatient to wait" or that "someone wants to do something at once." It is used after an invitation or something is decided.

生詞 Vocabulary

世貿	N.	Shìmào	Taipei World Trade Center
展覽	N.	zhǎnlǎn	exhibition

尼　克：這個週末美術館有書法展覽，你要不要去？
Níkè　　: Zhège zhōumò měishù guǎn yǒu shūfǎ zhǎnlǎn, nǐ yào bú yào qù?

布萊恩：我不要去。我想在家睡覺。
Bùlái'ēn : Wǒ bú yào qù. Wǒ xiǎng zài jiā shuìjiào.

數位相機	V.	sùwèi xiàngjī	digital camera
吋	M.	cùn	inch

志　明：我要訂一個八吋的生日蛋糕。
Zhìmíng　: Wǒ yào dìng yí ge bā cùn de shēngrì dàngāo.

店　員：好的。
Diànyuán　: Hǎode.

液晶螢幕	N.	yìjīng yíngmù	Liquid Crystal Display（LCD）

對話 Conversation

（志明邀尼克和布萊恩去世貿看電腦展覽。）

志　明：尼克，你要和我去看電腦展覽嗎？

尼　克：好！我正好想買一台數位相機。

志　明：布萊恩，你要一起去嗎？

布萊恩：那裡賣不賣二十吋的液晶螢幕？

志　明：可能有，去看看就知道了。

布萊恩：**那麼還等什麼**？我們走吧！

（Zhìmíng yāo Níkè hé Bùlái'ēn qù kàn Shìmào diànnǎo zhǎnlǎn.）

Zhìmíng : Níkè, nǐ yào hé wǒ qù kàn diànnǎo zhǎnlǎn ma?

Níkè : Hǎo! Wǒ zhènghǎo xiǎng mǎi yì tái shùwèi xiàngjī.

Zhìmíng : Bùlái'ēn, nǐ yào yìqǐ qù ma?

Bùlái'ēn : Nàlǐ mài bú mài èrshí cùn de yìjīng yíngmù?

Zhìmíng : Kěnéng yǒu, qù kànkàn jiù zhīdào le.

Bùlái'ēn : Nàme hái děng shénme? Wǒmen zǒu ba!

（Peter invites Nick and Brian to go to Taipei World Trade Center computer exhibition）

Peter : Nick, will you come to the computer exhibition with me?

Nick : OK! It just so happens that I want to buy a digital camera.

Peter : Brian, will you come?

Brian : Do they have any 20" LCD displays?

Peter : Maybe, if you go there with us, you'll find out.

Brian : What are you waiting for? Let's go!

文化 Culture

　　世貿是「台北世界貿易中心」的簡稱，一共有三個展覽館，會不定期以主題的方式推出各式各樣的展覽，例如：電腦展、旅遊展、圖書展……等等。展覽期間通常會吸引許多民眾參加，因為在那裡展出的有些商品價錢會比市價便宜，還有贈品可拿。

　　The Taipei World Trade Center or 世貿 shì mào for short, houses three halls altogether. From time to time it launches all kinds of exhibitions on a variety of themes, for example: computer exhibitions, travel exhibitions, book exhibitions, etc… The exhibitions usually attract a lot of people because the prices at the exhibition are usually a little less than the market price, and there are free gifts.

 **語法 Grammar**

S+正好+VP

表示兩件事情或者兩種情況在同一時間碰巧一起出現。
例如在第71頁的對話中，「志明要去看電腦展覽」和「尼克要買數位相機」這兩件事在同一時間碰巧一起出現：

志明：你要和我去看電腦展覽嗎？
尼克：好！我正好要買一台數位相機。

這個時候，尼克就可以用「正好」來表示這種巧合。

例句：

1.美惠：我昨天打電話給你，怎麼沒人接電話？
　尼克：對不起，那個時候我**正好**在洗澡。

2.美惠：明天我想去買東西，可是沒人能陪我去。
　怡君：我**正好**明天不用上班，我陪妳去吧。

3.尼克：請問中原大學要怎麼去？
　路人：我**正好**要去中原大學。你跟我一起走吧。

練習：

1.美惠：外面下雨了，可是我沒帶傘，怎麼辦？
　雅婷：＿＿＿＿＿＿＿＿＿，妳拿去用吧。

2.尼克：我需要一些紙給小朋友作測驗。
　雅婷：＿＿＿＿＿＿＿＿＿，這樣夠嗎？

3.志　明：你今天不是要和美惠出去嗎？怎麼還在家？
　布萊恩：我剛要出門，＿＿＿＿＿＿＿＿＿，她說她今天有事，
　　　　　不能去了。

Unit 5-3

你看怎麼樣？
Nǐ kàn zěnmeyàng?
What do you think?

 每日一句 Daily Sentence

你看怎麼樣？
Nǐ kàn zěnmeyàng?

　　Here the meaning of 看 is not to look, but rather it means "viewpoint" or "perspective." This sentence is used when you would like to seek or ask someone's advice or suggestion mildly and tactfully.

生詞 Vocabulary

衝浪　　V.　　chōnglàng　　go surfing

志明：尼克，你可以教我衝浪嗎？
Zhìmíng : Níkè, nǐ kěyǐ jiāo wǒ chōnglàng ma?

尼克：好，沒問題。
Níkè : Hǎo, méi wèntí!

同事　　N.　　tóngshì　　colleague

美惠：這條項鍊真漂亮，妳是在哪裡買的？
Měihuì : Zhè tiáo xiàngliàn zhēn piàoliàng, nǐ shì zài nǎlǐ mǎide?

怡君：這是我同事送的。
Yíjūn : Zhè shì wǒ tóngshì sòngde.

墾丁　　N. (Proper Name)　　Kěndīng　　Kenting

對話 Conversation

尼克：志明，你喜歡衝浪嗎？

志明：嗯……還好。

尼克：我的同事告訴我，在墾丁可以衝浪，你想去嗎？

志明：好。我們也約布萊恩一起去玩，**你看怎麼樣**？

尼克：太好了！

Níkè　　 : Zhìmíng, nǐ xǐhuān chōnglàng ma?
Zhìmíng : Ēn...hái hǎo.
Níkè　　 : Wǒ de tóngshì gàosù wǒ, zài Kěndīng kěyǐ chōnglàng, nǐ xiǎng qù ma?
Zhìmíng : Hǎo. Wǒmen yě yuē Bùlái'ēn yìqǐ qù wán, nǐ kàn zěnmeyàng?
Níkè　　 : Tài hǎo le!

Nick : Peter, do you like to surf?
Peter : Eh, it's not bad.
Nick : My colleague told me that I could go surfing at Kenting. Do you want to go with me?
Peter : OK. We can also invite Brian to go. What do you think?
Nick : Great!

複習 REVIEW

Please choose the best answer.

1

志明：你有空嗎？

尼克：有。

（1）尼克有時間。

（2）志明問尼克有沒有空位。

（3）志明問尼克有沒有一張空白的紙。

2

怡君：請問這個液晶螢幕是幾＿＿的？

店員：是十八＿＿的。

（1）台

（2）張

（3）吋

3

布萊恩：我想買這條項鍊送給美惠。你看怎麼樣？

志　明：＿＿＿＿＿＿＿＿＿＿＿＿＿＿＿＿＿。

（1）你看起來很好。

（2）我看到了。

（3）我不知道，你自己決定吧！

4

請完成下面的對話。

尼　克：家裡的義大利麵怎麼都沒了？

布萊恩：全被我吃完了。

尼　克：你吃完了，就應該再去買。

布萊恩：＿＿＿＿＿＿＿＿＿＿＿＿＿＿＿＿＿＿。（正好）

尼　克：那麼，你可以去別家買呀！

布萊恩：＿＿＿＿＿＿＿＿＿＿＿＿＿＿＿＿。

5

請選出適當的句子完成下面的對話。

```
a.妳今天下午有空嗎？
b.妳看怎麼樣？
c.那麼還等什麼？
```

錢太太：＿＿＿＿＿＿＿＿＿＿＿＿＿＿＿＿

張媽媽：有什麼事嗎？

錢太太：中原大賣場現在衛生紙買一送一！

張媽媽：＿＿＿＿＿＿＿＿＿＿＿＿＿＿＿＿

6

請在空格處填入適當的詞彙。

```
派對　數位相機　慶生　補送　液晶螢幕　同事
```

雅婷：媽，我的＿＿＿＿＿今天生日，今晚我們要幫她＿＿＿＿＿，
　　　所以會晚一點回來。

媽媽：那麼妳今晚就不在家裡吃晚飯了嗎？

雅婷：生日＿＿＿＿＿九點才開始，所以我想在家先吃點東西再去。

媽媽：妳的禮物準備好了嗎？

雅婷：我還沒時間去買，過幾天再＿＿＿＿＿好了。

媽媽：妳想送她什麼？

雅婷：她平常最喜歡拍照，我想送她一台＿＿＿＿＿。

Unit 6-1

不好意思，我在趕時間。

Bùhǎoyìsi, wǒ zài gǎn shíjiān.

Sorry, I'm in a hurry.

 每日一句 Daily Sentence

不好意思，我在趕時間。

Bùhǎoyìsi, wǒ zài gǎn shíjiān.

When you encounter a salesman who is trying to sell you something, but you're not interested in the product he is promoting, you may think of a tactful way to refuse him. You can say：不好意思，我在趕時間。*Bùhǎoyìsi, wǒ zài gǎn shíjiān.*

生詞 Vocabulary

保養品　　N.　　　bǎoyǎngpǐn　　　skin care product

怡　君：妳每天都用保養品嗎？
Yíjūn：Nǐ měi tiān dōu yòng bǎoyǎngpǐn ma?

雅　婷：不一定。
Yǎtíng：Bù yídìng.

適合　　Adj.　　　shìhé　　　to suit, to fit

布萊恩：你穿的這雙鞋很適合你。
Bùlái'ēn：Nǐ chuān de zhè shuāng xié hěn shìhé nǐ.

志　明：謝謝。
Zhìmíng：Xièxie.

打擾　　V.　　　dǎrǎo　　　to bother

美　惠：真不好意思，沒有先打電話就來打擾妳。
Měihuì：Zhēn bùhǎoyìsi, méiyǒu xiān dǎ diànhuà jiù lái dǎrǎo nǐ.

雅　婷：沒關係。
Yǎtíng：Méiguānxi.

檢測　　V.　　　jiǎncè　　　to test

尼　克：你多久會檢測一次你的車子？
Níkè：Nǐ duōjiǔ huì jiǎncè yí cì nǐ de chēzi?

志　明：大約半年吧。
Zhìmíng：Dàyuē bàn nián ba.

解說　　V.　　　jiěshuō　　　to explain; to illustrate

美　惠：謝謝你的解說，我對這個產品已經有一點了解了。
Měihuì：Xièxie nǐ de jiěshuō, wǒ duì zhège chǎnpǐn yǐjīng yǒu yìdiǎn liǎojiě le.

店　員：這是我應該做的。
Diànyuán：Zhè shì wǒ yīnggāi zuòde.

對話 Conversation

推銷員：小姐，您好。我們公司有一組很不錯的保養品很適合
　　　　您。可以打擾您幾分鐘嗎？

雅　婷：我已經有保養品了。

推銷員：只需要打擾您幾分鐘就好了！我們可以免費替您檢測您
　　　　皮膚的情況！

雅　婷：**不好意思，我在趕時間，**沒辦法聽你解說。

Tuīxiāoyuán : Xiǎojiě, nín hǎo. Wǒmen gōngsī yǒu yì zǔ hěn búcuò de bǎoyǎngpǐn hěn shìhé nín. Kěyǐ dǎrǎo nín jǐ fēnzhōng ma?

Yǎtíng : Wǒ yǐjīng yǒu bǎoyǎngpǐn le.

Tuīxiāoyuán : Zhǐ xūyào dǎrǎo nín jǐ fēnzhōng jiù hǎo le! Wǒmen kěyǐ miǎnfèi tì nín jiǎncè nín pífū de qíngkuàng!

Yǎtíng : Bùhǎoyìsi, wǒ zài gǎn shíjiān, méi bànfǎ tīng nǐ jiěshuō.

Salesman : Excuse me, Miss. Our company offers a line of skin care products that I think would suit you very much. May I bother you a moment?

Tracy : I have skin care products already.

Salesman : It will only take a few minutes of your time! We can test the condition of your skin for free!

Tracy : Sorry, I'm in a hurry. There's no way I can listen to your explanation.

Unit 6-2

真不好意思，我可能沒辦法幫你。

Zhēn bùhǎoyìsi, wǒ kěnéng méi bànfǎ bāng nǐ.

I'm sorry. Maybe I can't help you.

 每日一句 Daily Sentence

真不好意思，我可能沒辦法幫你。
Zhēn bùhǎoyìsi, wǒ kěnéng méi bànfǎ bāng nǐ.

If someone asks you for help, but it is more than you can handle, then you can say：真不好意思，我可能沒辦法幫你。

For example：

尼克：這星期五可以請妳幫我代課嗎？（*zhèi xīngqíwǔ kěyǐ qǐng nǐ bāng wǒ dàikè ma?* "Could you substitute for me this Friday?"）

美惠：真不好意思，我可能沒辦法幫你。

對話 Conversation

同事：志明，我有事要先走，你能幫我把這份報告做完嗎？

志明：**抱歉，我可能沒辦法幫你**，因為我的工作也還沒做完。

同事：好吧！那麼，我請別人幫忙。

Tóngshì ：Zhìmíng, wǒ yǒu shì yào xiān zǒu, nǐ néng bāng wǒ bǎ zhè fèn bàogào zuòwán ma?

Zhìmíng ：Bàoqiàn, wǒ kěnéng méi bànfǎ bāng nǐ, yīnwèi wǒ de gōngzuò yě hái méi zuòwán.

Tóngshì ：Hǎo ba! Nàme, wǒ qǐng biérén bāngmáng.

co-worker : Peter, I have to leave early. Would you finish this project for me?

Peter　　 : I'm sorry. Maybe I can't help you, because I have not finished my own tasks yet.

co-worker : All right! Well, I'll ask someone else for help.

Unit 6-3

我最近手頭有點緊，
Wǒ zuìjìn shǒutóu yǒudiǎn jǐn,
你可以借我一萬塊錢嗎？
nǐ kěyǐ jiè wǒ yíwàn kuài qián ma?
Recently I'm tight for cash.
Can you lend me NTD 10,000?

 每日一句 Daily Sentence

我最近手頭有點緊，你可以借我一萬塊錢嗎？
Wǒ zuìjìn shǒutóu yǒudiǎn jǐn, nǐ kěyǐ jiè wǒ yíwàn kuài qián ma?

　　手頭有點緊 "cash is tight" is more tactful than 沒什麼錢 "don't have any money." Many people, when borrowing money, will open with this：我最近手頭有點緊，能不能/可不可以借一點錢？"

For example,

布萊恩：我最近手頭有點緊，你可以借我一萬塊錢嗎？

尼　克：不好意思，我最近手頭也有點緊。

生詞 Vocabulary

手頭有點緊　　Fixed expression　shǒutóu yǒudiǎn jǐn
　　　　　　　　short on cash; cash is tight

志　明：你最近想不想換一台新電腦？
Zhìmíng　：　Nǐ　zuìjìn xiǎng bù xiǎng huàn yì tái　xīn diànnǎo?

布萊恩：不行，我最近手頭有點緊。
Bùlái'ēn　：　Bù xíng,　　wǒ　zuìjìn　shǒutóu yǒudiǎn jǐn.

領　　　　V.　　　lǐng　　　　　to withdraw money

雅　婷：妳今天下午有事嗎？
Yǎtíng　：　Nǐ　jīntiān　xiàwǔ　yǒu shì ma?

美　惠：我要去郵局領錢。
Měihuì　：　Wǒ yào qù　yóujú　lǐng qián.

薪水　　　N.　　　xīnshuǐ　　　salary

布萊恩：你每個月幾號領薪水？
Bùlái'ēn　：　Nǐ měi geyuè　jǐ　hào lǐng xīnshuǐ?

尼　克：每個月五號。
Níkè　：　Měi geyuè　wǔ hào.

節省　　　V.　　　jiéshěng　　　frugal

怡　君：妳看，這是我昨天新買的相機，看起來不錯吧！
Yíjūn　：　Nǐ kàn,　　zhè shì wǒ zuótiān xīn mǎi de xiàngjī,　　kàn qǐlái búcuò ba!

美　惠：妳不是上個月才買了一台嗎？妳應該節省一點。
Měihuì　：　Nǐ bú shì shàng geyuè cái mǎile　yì tái ma?　　Nǐ yīnggāi jiéshěng yìdiǎn.

月光族　　N.　　　yuèguāngzú
　　　　　　　A person who spends all his/ her　money by the end of the month

布萊恩：你每個月都把薪水花光嗎？
Bùlái'ēn　：　Nǐ měi geyuè　dōu bǎ xīnshuǐ huāguāng ma?

尼　克：我不是月光族。我有存錢的習慣。
Níkè　：　Wǒ bú shì yuèguāngzú.　　Wo yǒu cúnqián de xíguàn.

對話 Conversation

布萊恩：志明，**我最近手頭有點緊，你可以借我一萬塊錢嗎**？
　　　　我一領到薪水就還你。

志　明：我沒辦法借你那麼多錢，不過我應該可以借你三千元。

布萊恩：謝謝！你肯借我，我就很感激了！

志　明：你平常要節省一點，別再當月光族了！

Bùlái'ēn : Zhìmíng, wǒ zuìjìn shǒutóu yǒudiǎn jǐn, nǐ kěyǐ jiè wǒ yíwàn kuài qián
ma? Wǒ yì lǐngdào xīnshuǐ jiù huán nǐ.

Zhìmíng : Wǒ méi bànfǎ jiè nǐ nàme duō qián, búguò wǒ yīnggāi kěyǐ jiè nǐ sānqiān
yuán.

Bùlái'ēn : Xièxie! Nǐ kěn jiè wǒ, wǒ jiù hěn gǎnjī le!

Zhìmíng : Nǐ píngcháng yào jiéshěng yìdiǎn, bié zài dāng yuèguāngzú le!

Brian : Peter, Recently I'm tight with cash. Would you lend me NTD 10,000?
I will return the money to you when I get paid.

Peter : I can't lend you so much money, but maybe I can lend you NTD 3000.

Brian : Thank you! You are willing to lend it to me. I'm really greatful!

Peter : You usually should save a little. Don't end up broke at the end of the
month again!

語法 Grammar

S —VP1，就 VP2

VP1動作完成以後，VP2動作馬上接著發生。

例句：

學生**一**下課，**就**往球場跑。

還有另外一個句型：

只要S1 — VP1，S2 就 VP2

例句：

只要媽媽**一**生氣，他**就**大聲哭。

練習：

1. 尼克：美惠最近心情*xīnqíng*（"mood"）很好。

   雅婷：嗯，她一＿＿＿＿＿＿，就＿＿＿＿＿＿。
2. 只要補習班一＿＿＿＿＿＿，他就＿＿＿＿＿＿。

複習 REVIEW

Please choose the best answer.

1

尼克：還有多久上課？

怡君：現在是五點十分，距離上課時間還有一個半小時。

請問幾點上課？

（1）三點四十分

（2）四點十五分

（3）六點四十分

2

布萊恩：妳可以借我五千塊嗎？

怡　君：不好意思，我最近手頭有點緊。

請問怡君的意思是什麼？

（1）她最近手和頭有點痛。

（2）她最近有很多錢。

（3）她最近沒有很多錢。

3

尼克：我昨天買了一台新的相機。

美惠：你不是上個月才買了一台嗎？別再當月光族了！

請問美惠的意思是什麼？

（1）她要尼克不要這麼晚回家。

（2）她要尼克不要到月底就又沒錢了。

（3）她要尼克不要拿相機拍月亮。

4

當你走在路上時，被推銷員攔住向你推銷東西，你要怎麼說才能拒絕他的推銷？

_____

5

如果你的朋友是月光族，每次都跟你借錢，可是你不想再借他錢了，你要怎麼告訴他？

_____

6

請在空格處填入適當的句子

美惠：妳怎麼了？看起來很沒有精神。

雅婷：_____，妳能不能先借我一點錢？

美惠：可是我最近也沒什麼錢，沒辦法借妳。

雅婷：好吧，我再想辦法。

Unit 7-1

這樣根本吃不飽。

Zhèyàng gēnběn chī bù bǎo.

This is absolutely not enough food.

 每日一句 Daily Sentence

這樣根本吃不飽。
Zhèyàng gēnběn chī bù bǎo.

When you are very hungry, and you may have already eaten something, but it's not enough and you are a little unhappy about it, then you can say：這樣根本吃不飽 "this is absolutely not enough food."

生詞 Vocabulary

菜色　　N.　　càisè　　dish, meal

布萊恩：便當在哪裡買的？菜色看起來不錯！
Bùláiēn：Biàndāng zài nǎlǐ mǎide?　Càisè kàn qǐlái búcuò!

志　明：在路口那家店買的，還不錯吧！
Zhìmíng：Zài lùkǒu nà jiā diàn mǎide,　hái búcuò ba!

根本　　Adv.　　gēnběn　　absolutely (not) ; (not) at all

尼　克：真的非常抱歉。
Níkè：zhēnde fēicháng bàoqiàn.

雅　婷：這件事根本就不是你的錯，你不用向我抱歉。
Yǎtíng：Zhè jiàn shì gēnběn jiù bú shì nǐ de cuò,　nǐ búyòng xiàng wǒ bàoqiàn.

訂　　V.　　dìng　　order

服務生：喂，您好，這裡是中原餐廳。
Fúwùshēng：Wéi,　nín hǎo,　zhèlǐ shì Zhōngyuán cāntīng.

雅　婷：喂，你好，我要訂六個人的位子，時間是下星期五
Yǎtíng：Wéi,　nǐ hǎo,　wǒ yào dìng liù gerén de wèizi,　shíjiān shì xià xīngqí wǔ

晚上六點。
wǎnshàng liù diǎn.

對話 Conversation

雅　婷：都快一點了，便當怎麼還沒送來？

工讀生：我再打電話問問看。

（五分鐘後，便當送來了。大家開始吃便當。）

王主任：今天的便當很不好吃：菜色少，飯又硬。

尼　克：對啊！**這樣根本吃不飽**。

雅　婷：那麼，我們明天訂別家的便當吧。

Yǎtíng　　　：Dōu kuài yì diǎn le, biàndāng zěnme hái méi sònglái?

Gōngdúshēng：Wǒ zài dǎ diànhuà wènwèn kàn.

（Wǔ fēnzhōng hòu, biàndāng sònglái le. Dàjiā kāishǐ chī biàndāng.）

Wáng zhǔrèn ：Jīntiān de biàndāng hěn bù hǎo chī: càisè shǎo, fàn yòu yìng.

Níkè　　　　：Duì a! Zhèyàng gēnběn chī bù bǎo.

Yǎtíng　　　：Nàme, wǒmen míngtiān dìng bié jiā de biàndāng ba.

Tracy	: It's already almost one o'clock, how come our bento boxes haven't come yet?
Student Worker	: I'll call them again and ask.

（The bento boxes came five minutes later. The director and the teachers started eating.）

Director Wang	: Today's bento isn't tasty at all: there isn't much food, and the rice is hard.
Nick	: I agree! This is absolutely not enough food.
Tracy	: Well then, tomorrow we'll order from another place.

文化 Culture

　　「便當」這個詞最早出現在中國南宋，意思是「飯盒」。後來「便當」傳到日本，又從日本傳到台灣。在以前，大家在家把飯菜裝進盒子裡，方便外出的時候吃；現在因為大家都很忙，沒時間做飯，所以有很多快餐店。如果你去買便當，有的店會讓你自己選菜色，有的店已經幫你配好了。你只要告訴店員你要的主菜，例如：

店員：請問你要吃什麼？

客人：我要一個雞腿（*jītuǐ*, "chicken leg"）便當。

　　The word *biàndāng* first appeared in China's Southern Song Dynasty, with the meaning of a "lunch box." Later "lunch boxes" were introduced to Japan (and today known as bento), and spread to Taiwan from Japan. In the past, rice and food would be packed in the box at home, which were convenient for eating out. Now, because we are too busy to cook, there are many fast food restaurants with "lunch boxes." When you go out to buy a bento, some stores will let you make your own, and some stores will have bentos prepared already. Just tell the clerk what you want as the main course, for example:

Shopkeeper : What would you like to eat?

Customer　　: I would like a chicken leg bento.

Unit 7-2

我比你還要慘！

Wǒ bǐ nǐ hái yào cǎn!

I am more miserable than you!

 每日一句 Daily Sentence

我比你還要慘！

Wǒ bǐ nǐ hái yào cǎn!

When others are complaining about many things that have not gone well, but you feel your situation is worse than theirs, you can tell them, "I'm more miserable than you!" Hearing this will be pleasing to the other person's ears, and usually after saying this you should continue to talk about the difficulties and bitter experiences you are facing.

頂   V.   dǐng   go against

雅　婷：早上我看到有一個孩子不聽媽媽的話，還跟媽媽頂嘴。
Yǎtíng ：Zǎoshàng wǒ kàndào yǒu yí ge háizi bù tīng māma de huà, hái gēn māma dǐngzuǐ.

美　惠：唉，時代真的不一樣了。
Měihuì ：Āi, shídài zhēnde bù yíyàng le.

慘   Adj.   cǎn   miserable

怡　君：我昨天真的很慘。下雨沒帶傘，回到家才發現鑰匙
Yíjūn ：Wǒ zuótiān zhēnde hěn cǎn. Xiàyǔ méi dài sǎn, huídào jiā cái fāxiàn yàoshi
放在公司。
àng zài gōngsī.

美　惠：這真的是太慘了！
Měihuì ：Zhè zhēnde shì tài cǎn le!

三更半夜   N.   sāngēngbànyè   late at night; the middle of the night

尼　克：美惠，妳看起來很累，昨晚沒睡好嗎？
Níkè ：Měihuì, nǐ kàn qǐlái hěn lèi, zuówǎn méi shuì hǎo ma?

美　惠：昨晚吵死了，三更半夜還有人在唱卡拉OK，沒辦法睡。
Měihuì ：Zuówǎn chǎosǐ le, sāngēngbànyè hái yǒu rén zài chàng kǎlāOK, méi bànfǎ shuì.

修改   V.   xiūgǎi   alter; revise

尼　克：妳這段寫得很好，只要這裡再修改一下就更好了。
Níkè ：Nǐ zhè duàn xiě de hěn hǎo, zhǐyào zhèlǐ zài xiūgǎi yíxià jiù gèng hǎo le.

學　生：那麼，老師，改成這樣可以嗎？
Xuéshēng ：Nàme, lǎoshī, gǎichéng zhèyàng kěyǐ ma?

程式   N.   chéngshì   program

雅　婷：啊，我們補習班的網站又進不去了！
Yǎtíng ：A, wǒmen bǔxíbān de wǎngzhàn yòu jìn bú qù le!

美　惠：也許網站的程式又出問題了，請人來看看吧。
Měihuì ：Yěxǔ wǎngzhàn de chéngshì yòu chū wèntí le, qǐng rén lái kànkàn ba.

抱怨   V.   bàoyuàn   complain

怡　君：昨天我爸爸又在抱怨他的老闆對他要求太多了。
Yíjūn ：Zuótiān wǒ bàba yòu zài bàoyuàn tā de lǎobǎn duì tā yāoqiú tài duō le.

美　惠：那麼，妳就要多多體諒妳爸爸。
Měihuì ：Nàme, nǐ jiù yào duōduō tǐliàng nǐ bàba.

至少   Adv.   zhìshǎo   (at the very) least ; (to say the) least

尼　克：有布萊恩在的地方一定又髒又亂。
Níkè ：Yǒu Bùlái'ēn zài de dìfāng yídìng yòu zāng yòu luàn.

志　明：至少他每天會洗澡。
Zhìmíng ：Zhìshǎo tā měi tiān huì xǐzǎo.

✏️ 對話 Conversation

（在餐廳吃飯）

尼克：美惠，妳是不是心情不太好？

美惠：現在的小朋友真難教。我說一句他們頂三句。叫他們寫功
　　　課也不寫。氣死我了！

志明：**我比你還要慘！**我每天三更半夜還要起來修改程式。

尼克：你們不要抱怨了，至少做的工作是我們喜歡的。

（Zài cāntīng chī fàn）

Níkè　　　: Měihuì, nǐ shì bú shì xīnqíng bù tài hǎo?

Měihuì　 : Xiànzài de xiǎopéngyǒu zhēn nán jiāo. Wǒ shuō yí jù tāmen dǐng sān jù.
　　　　　　 Jiào tāmen xiě gōngkè yě bù xiě. Qìsǐ wǒ le!

Zhìmíng : Wǒ bǐ nǐ hái yào cǎn! Wǒ měi tiān sāngēngbànyè hái yào qǐlái xiūgǎi
　　　　　　 chéngshì.

Níkè　　　: Nǐmen bú yào bàoyuàn le. Zhìshǎo zuò de gōngzuò shì wǒmen xǐhuānde.

（Eating at the restaurant）

Nick : Amy, are you in a bad mood?

Amy : The younger students are hard to teach now. I say one sentence, and
　　　 they talk back with three. I tell them to write their homework, and they
　　　 don't write it. I'm so angry!

Peter : I'm more miserable than you! I'm up past midnight every day revising
　　　　 programs.

Nick : You guys, don't complain. At the very least we are doing jobs that we
　　　 like.

Unit 7-3

她老是這樣。
Tā　　lǎoshì　　zhèyàng.
She's always like that.

 每日一句 Daily Sentence

她老是這樣。

Tā lǎoshì zhèyàng.

Maybe someone is always bothering others with their bad habits, and you can't take it anymore, so when you are complaining about them just add 老是 *lǎoshì* "always" to your sentence. 這樣 *zhèyàng* represents "the bad habit that is bothering others."

生詞 Vocabulary

老是　　Adv.　　　　lǎoshì　　　　　always; all the time

美惠：我們班上有個學生老是坐不住，上課很喜歡走來走去。
Měihuì : Wǒmen bānshàng yǒu ge xuéshēng lǎoshì zuò bú zhù, shàngkè hěn xǐhuān zǒu lái zǒu qù.

尼克：如果給他一些獎勵，他也許會乖乖坐好。
Níkè : Rúguǒ gěi tā yìxiē jiǎnglì, tā yěxǔ huì guāiguāi zuò hǎo.

觀念　　N.　　　　guānniàn　　　　notion; thought

雅婷：我不懂為什麼我爸爸總是要我穿裙子。
Yàtíng : Wǒ bù dǒng wèishénme wǒ bàba zǒngshì yào wǒ chuān qúnzi.

美惠：長輩的傳統觀念認為女生就是要穿裙子才好看。
Měihuì : Zhǎngbèi de chuántǒng guānniàn rènwéi nǚshēng jiù shì yào chuān qúnzi cái hǎo kàn.

遲到　　V.　　　　chídào　　　　late

美惠：怡君又遲到了！
Měihuì : Yíjūn yòu chídào le!

雅婷：會不會是睡過頭了？
Yàtíng : Huì bú huì shì shuìguòtóu le?

反悔　　V.　　　　fǎnhuǐ　　　　go back on one's word

雅婷：妳確定要跟我們去嗎？上車後不能反悔喔！
Yàtíng : Nǐ quèdìng yào gēn wǒmen qù ma? Shàngchē hòu bù néng fǎnhuǐ o!

怡君：當然！怎麼可能會反悔呢？
Yíjūn : Dāngrán! Zěnme kěnéng huì fǎnhuǐ ne?

對話 Conversation

（美惠、雅婷和怡君約好三點要一起去咖啡店喝下午茶）

雅婷：都三點了，怎麼還沒看到怡君？

美惠：**她老是這樣**，沒有時間觀念。在大學的時候就常遲到。

（過了三十分鐘）

怡君：對不起！我遲到了……

雅婷：妳怎麼來得這麼晚？我們等妳等了很久了！

美惠：妳每次都這樣。

怡君：對不起，別生氣，等一下我請妳們喝咖啡，好嗎？

美惠：好，不可以反悔！

（Měihuì, Yǎtíng hé Yíjūn yuē hǎo sān diǎn yào yìqǐ qù kāfēidiàn hē xiàwǔchá）

Yǎtíng ：Dōu sān diǎn le, zěnme hái méi kàndào Yíjūn?

Měihuì ：Tā lǎoshì zhèyàng, méiyǒu shíjiān guānniàn. Zài dàxué de shíhòu jiù cháng chídào.

（Guòle sānshí fēnzhōng）

Yíjūn ：Duìbùqǐ! Wǒ chídào le......

Yǎtíng ：Nǐ zěnme lái de zhème wǎn? Wǒmen děng nǐ děngle hěn jiǔ le!

Měihuì ：Nǐ měi cì dōu zhèyàng.

Yíjūn ：Duìbùqǐ, bié shēngqì. Děng yíxià wǒ qǐng nǐmen hē kāfēi, hǎo ma?

Měihuì ：Hǎo, bù kěyǐ fǎnhuǐ!

（Amy, Tracy and Yijun made plans to meet at 3PM and go together to a Café and drink afternoon tea.）

Tracy ：It's already 3 o'clock, why haven't we seen her?

Amy ：She's always like this, no concept of time. In college, she was often late.

（30 minutes later）

Yijun ：Sorry! I'm late...

Tracy ：How come you are so late? We've been waiting for you for a long time!

Amy ：You're always like this.

Yijun ：I'm sorry, don't be mad. In a little while I will treat you both to coffee, ok?

Amy ：Ok, don't go back on your word!

 **語法 Grammar**

S+老是+VP

表示S做「老是」後面的動作已經做過很多次了。這樣的動作常常讓別人很不高興，所以對做這個動作的人表示抱怨 *bàoyuàn* "complain"。

例句：

1. 美惠：我們班上有個學生**老是**坐不住。
   尼克：如果給他一些獎勵（*jiǎnglì* "reward"），他也許會乖乖坐好。
   美惠：沒有用。我試過了，他還是這個樣子。

2. 志　明：你不要**老是**把垃圾堆在房間裡，好嗎？
   布萊恩：好，我下次一定會改。

練習：

2. 美惠：今天妳看起來精神不太好，昨天晚上沒睡好嗎？
   怡君：＿＿＿＿＿＿＿＿＿＿＿＿，吵得我不能睡覺。
   　　　　　　　　　　　　　　（鄰居／唱歌）

2. 美惠：妳為什麼跟妳的男朋友分手了？他對妳很好，不是嗎？
   雅婷：＿＿＿＿＿＿＿＿＿＿＿＿＿＿＿＿＿＿。

3. 志明和陳大春一起寫一個程式，可是陳大春常常沒來上班，所以大部分的程式都是志明一個人寫完的。每天志明回家都覺得很累。
   尼克：志明你怎麼了？怎麼看起來那麼累？
   志明：＿＿＿＿＿＿＿＿＿＿＿＿＿＿＿＿＿。

複習 REVIEW

Please choose the best answer.

1

布萊恩：怎麼了？你看起來不太好。

志　明：＿＿＿＿＿＿＿＿＿＿＿＿。

（1）沒什麼，大概只是有點累了
（2）我的鄰居不好
（3）你的心情不好

2

雅婷：昨天去的電影院髒死了。

美惠：是啊，地上都是垃圾，洗手間也沒人掃。

雅婷：下次不去那一家了！

請問她們在說什麼？

（1）電影院不乾淨。
（2）電影不好看。
（3）電影院很舒適。

3

志明：布萊恩又把沒喝完的飲料留在客廳桌上了。

尼克：他老是這樣。

（1）布萊恩沒有把飲料罐留在桌上。
（2）布萊恩每次都把飲料罐留在桌上。
（3）志明要布萊恩把飲料罐留在桌上。

4

如果你去一家有名的餐廳吃飯，可是沒有像你想的那麼好，你覺得很生氣，你會怎麼向你的朋友抱怨？

_____

5

如果你和你的朋友約好一起出去玩，但是他反悔了，你會怎麼對他說？

_____

6

如果你的鄰居老是在三更半夜唱卡拉OK，讓你沒辦法睡覺，你會怎麼對他說？

_____

建議 Suggestions

Unit

8-1 妳可以給我一些建議嗎？

Nǐ kěyǐ gěi wǒ yìxiē jiànyì ma?

Could you give me some advice?

 每日一句 Daily Sentence

妳可以給我一些建議嗎？

Nǐ kěyǐ gěi wǒ yìxiē jiànyì ma?

　　When you have a problem and don't know how to handle it, and you think that your conversation partner can give you a method for dealing with your problem, you can ask them 你可以給我一些建議嗎？ "Can you give me some advice?"

請教　　V.　　qǐngjiào　　to consult

雅　婷：尼克，不好意思，我有一些事想請教你。
Yǎtíng : Níkè, bùhǎoyìsi, wǒ yǒu yìxiē shì xiǎng qǐngjiào nǐ.

尼　克：好啊，什麼事？
Níkè : Hǎo a, shénme shì?

比如說　Prep.　　bǐrúshuō　　for example

美　惠：雅婷，妳最近看起來好像瘦了不少。教我一些
Měihuì : Yǎtíng, nǐ zuìjìn kàn qǐlái hǎo xiàng shòule bù shǎo. Jiāo wǒ yìxiē

瘦身的方法吧！
shòushēn de fāngfǎ ba!

雅　婷：方法很簡單，比如說：多吃菜、少吃肉、多運動。
Yǎtíng : Fāngfǎ hěn jiǎndān, bǐrúshuō: Duō chī cài, shǎo chī ròu, duō yùndòng.

滿江紅　Idiom　　mǎnjiāng hóng

Manjiang Hong, a type of lyrical poem with a pattern.

Colloquial: Full of mistakes (the entire paper is red)

學生甲：哈哈！小明這次考試又是滿江紅！
Xuéshēng A : Hā hā! Xiǎomíng zhè cì kǎoshì yòu shì mǎnjiāng hóng!

尼　克：不要這樣笑你的同學！不然我就扣你的分數。
Níkè : Bú yào zhèyang xiào nǐ de tóngxué! Bùrán wǒ jiù kòu nǐ de fēnshù.

其實　　Adv.　　qíshí　　actually

學生甲：我很怕上美惠老師的課。
Xuéshēng A : Wǒ hěn pà shàng Měihuì lǎoshī de kè.

學生乙：你不要怕。其實她人很好。
Xuéshēng B : Nǐ bú yào pà. Qíshí tā rén hěn hǎo.

記不住　V.　　jì bú zhù　　not familiar with

尼　克：我一直記不住漢字的筆畫順序，好難寫！
Níkè : Wǒ yìzhí jì bú zhù hànzì de bǐhuà shùnxù, hǎo nán xiě!

布萊恩：多練習寫就能記住了。
Bùláiēn : Duō liànxí xiě jiù néng jìzhù le.

建議　　V.　　jiànyì　　propose; suggest; recommend

布萊恩：唉！從去年到現在，我已經胖了十公斤了。
Bùláiēn : Āi! Cóng qùnián dào xiànzài, wǒ yǐjīng pàngle shí gōngjīn le.

志　明：我建議你去參加減肥特訓班（weight loss program），
Zhìmíng : Wǒ jiànyì nǐ qù cānjiā jiǎnféi tèxùn bān,

一定有效。
yídìng yǒuxiào.

對話 Conversation

尼克：美惠，不好意思，我有問題想請教妳。

美惠：什麼問題？

尼克：我有一個學生考試常常考得不好，我試過很多方法，比如說：考試前幫大家複習、說話說得慢一點，但是都沒用。

美惠：可以給我看一下他的考卷嗎？

尼克：好。

美惠：哇！滿江紅！聽力部分都錯了。

尼克：什麼是滿江紅？

美惠：就是考試很多地方都寫錯了，老師用紅筆改他寫錯的地方，考卷上都是紅顏色，所以說是滿江紅。

尼克：嗯，**妳可以給我一些建議嗎**？

美惠：你看他的考卷，其實他是生詞記不住。你可以建議他多背生詞。

尼克：謝謝妳的建議，我試試看。

Níkè　　: Měihuì, bùhǎoyìsi, wǒ yǒu wèntí xiǎng qǐngjiào nǐ.

Měihuì : Shénme wèntí?

Níkè　　: Wǒ yǒu yí ge xuéshēng kǎoshì chángcháng kǎo de bù hǎo, wǒ shìguò hěn duō fāngfǎ, bǐrúshuō: Kǎoshì qián bāng dàjiā fùxí, shuōhuà shuō de màn yìdiǎn, dànshì dōu méi yòng.

Měihuì : Kěyǐ gěi wǒ kàn yíxià tā de kǎojuàn ma?

Níkè　　: Hǎo.

Měihuì : Wā! Mǎnjiāng hóng! Tīnglì bùfèn dōu cuò le.

Níkè　　: Shénme shì mǎnjiāng hóng?

Měihuì : Jiù shì kǎoshì Hěn duō dìfāng dōu xiěcuò le, lǎoshī yòng hóngbǐ gǎi tā xiěcuò de dìfāng, kǎojuàn shàng dōushì hóng yánsè, suǒyǐ shuō shì mǎnjiāng hóng.

Níkè　　: Ēn, nǐ kěyǐ gěi wǒ yìxiē jiànyì ma?

Měihuì : Nǐ kàn tā de kǎojuàn, qíshí tā shì shēngcí jì bú zhù. Nǐ kěyǐ jiànyì tā duō bèi shēngcí.

Níkè : Xièxie nǐ de jiànyì, wǒ shìshì kàn.

Nick : Excuse me, Amy, I have a problem I would like to consult you about.

Amy : What is the problem?

Nick : I have a student who always tests poorly; I've tried many methods, for example: before the test I help everyone prepare, speaking a little slowly. But none of it helps.

Amy : Can you let me see his exam?

Nick : Ok.

Amy : Wow! Manjiang Hong! He has gotten the entire listening portion wrong!

Nick : What is Manjiang Hong?

Amy : It means that the test is full of mistakes, and the teacher's correction has turned the test paper red.

Nick : Yeah, can you give me any advice?

Amy : Look at his exam, actually he can't remember any new words. You could propose that he memorize more words.

Nick : Thanks for your proposal. I will try it out and see.

Unit 8-2

我覺得去墾丁不錯。

Wǒ juéde qù Kěndīng búcuò.

I think that going to Kenting isn't bad.

📝 每日一句 Daily Sentence

我覺得去墾丁不錯。

Wǒ juéde qù Kěndīng búcuò.

Taiwanese people will usually express their opinion in a mild manner. 我覺得＋事、物、地方＋不錯, represents an individual's view towards this matter or thing. 我覺得去墾丁不錯 isn't only merely expressing the speaker's view that Kenting isn't bad, but also it is a proposal. For example：

尼克：夜市（yèshì, "night market"）有什麼好吃的東西？

志明：我覺得臭豆腐（chòudòufǔ, "strong-smelling fermented toufu"）不錯，你可以買來吃吃看。

生詞 Vocabulary

故宮　　N.　　Gùgōng　　故宮 Gùgōng is the short form of 故宮博物院 Gùgōng Bówùyuàn.
The National Palace Museum

陽明山　N.　　Yángmíng shān　Yangming Mountain

海芋　　N.　　Hǎiyù　　Elephant Ear Taro (*Alocasia macrorrhizos*)

提議　　N.　　tíyì　　　　　to propose; suggest

尼　克：明天就只有我們兩個一起吃飯嗎？
Níkè 　：Míngtiān jiù zhǐyǒu wǒmen liǎng ge yìqǐ chī fàn ma?

志　明：你覺得太少嗎？我提議可以找雅婷和美惠一起去。
Zhìmíng　：Nǐ juéde tài shǎo ma? Wǒ jiànyì kěyǐ zhǎo Yǎtíng hé Měihuì yìqǐ qù.

投票　　V.　　tóupiào　　　to vote

志　明：今年的美國總統選舉，你會回去投票嗎？
Zhìmíng　：Jīnnián de Měiguó zǒngtǒng xuǎnjǔ, nǐ huì huíqù tóupiào ma?

布萊恩：只要我有時間，就一定會去投票。
Bùláiēn　：Zhǐyào wǒ yǒu shíjiān, jiù yídìng huì qù tóupiào.

表決　　V.　　biǎojué　　　decide by vote

志　明：你們今年的員工旅遊會在外面過夜嗎？
Zhìmíng　：Nǐmen jīnnián de yuángōng lǚyóu huì zài wàimiàn guòyè ma?

尼　克：不會，大家表決的結果還是決定安排一天的行程。
Níkè 　：Bú huì, dàjiā biǎojué de jiéguǒ háishì juédìng ānpái yì tiān de xíngchéng.

對話 Conversation

（王主任、雅婷、美惠、沈昱霖、尼克在討論員工旅行的地點）

王主任：關於這次的員工旅行，大家想去哪裡？

雅　婷：**我覺得去墾丁不錯。**

沈昱霖：墾丁？一天的時間夠嗎？

尼　克：我聽說故宮有很多藝術品，我很感興趣，我們去故宮怎麼樣？

美　惠：你們要不要去陽明山？現在是花季，風景很漂亮，還可以去採海芋。

王主任：大家還有沒有意見？現在我們有三個提議，大家來投票表決。

（投票後）

王主任：四票對一票，我們就決定去陽明山了。

（Wáng zhǔrèn, Yǎtíng, Měihuì, Shěn Yùlín, Níkè zài tǎolùn yuángōng lǚxíng de dìdiǎn）

Wáng zhǔrèn : Guānyú zhè cì de yuángōng lǚxíng dàjiā xiǎng qù nǎlǐ?

Yǎtíng　　　: Wǒ juéde qù Kěndīng búcuò.

Shěn Yùlín　: Kěndīng? Yì tiān de shíjiān gòu ma?

Níkè　　　　: Wǒ tīngshuō Gùgōng yǒu hěn duō yìshùpǐn, wǒ hěn gǎnxìngqù, wǒmen qù Gùgōng zěnmeyàng?

Měihuì　　　: Nǐmen yào bú yào qù Yángmíng shān? Xiànzài shì huājì, fēngjǐng hěn piàoliàng, hái kěyǐ qù cǎi Hǎiyù.

Wáng zhǔrèn : Dàjiā hái yǒu méiyǒu yìjiàn? Xiànzài wǒmen yǒu sān ge tíyì, dàjiā lái tóupiào biǎojué.

（Tóupiào hòu）

Wáng zhǔrèn : Sì piào duì yí piào, wǒmen jiù juédìng qù Yángmíng shān le.

（Director Wang, Tracy, Amy, Susan, and Nick are discussing the employee's travel destination.）

Director Wang : Concerning the employee trip, where does everyone want to go?

Tracy : I think that going to Kenting isn't bad.

Susan : Kenting? Is one day enough time?

Nick : I've heard that the National Palace Museum has a lot of art work. I'm really interested, how about going to the National Palace Museum?

Amy : Do you guys want to go to Yangming Mountain? It is the flowering season now. The views will be very pretty. We can also pick the Ape Flower.（Alocasia macrorrhizos）

Director Wang : Does anyone have any other suggestions? Right now we have three proposals, lets all decide by voting.

（After voting）

Director Wang : Four to one. We've settled on going to Yangming Mountain then.

Unit 8-3

我建議妳每天抽一點時間聽光碟。

Wǒ jiànyì nǐ měi tiān chōu yìdiǎn shíjiān tīng guāngdié.

I suggest that everyday you find a little time to listen to a CD.

✏️ 每日一句 Daily Sentence

我建議妳每天抽一點時間聽光碟。
Wǒ jiànyì nǐ měi tiān chōu yìdiǎn shíjiān tīng guāngdié .

Your life is very busy, and in order to make a little time for something to happen, you can say：我抽一點時間＋做某件事情 For example：
尼　克：你要減肥 （*jiǎnféi*, "lose weight"）, 不是嗎？還吃！
布萊恩：好啦！我明天抽一點時間去跑步。
抽一點時間 can also be said as 撥一點時間 *bō yìdiǎn shíjiān*, which has the meaning "to make time" for something.

分級　V.　fēnjí　to sort; (placement)

家長：請問我的孩子在這裡補習已經兩年了，為什麼還不能
Jiāzhǎng : Qǐngwèn wǒ de háizi zài zhèlǐ bǔxí yǐjīng liǎngnián le, wèishénme hái bù néng

上中級班？
shàng zhōngjí bān?

尼克：因為學生必須通過分級測驗，才可以上中級班。
Níkè : Yīnwèi xuéshēng bìxū tōngguò fēnjí cèyàn, cái kěyǐ shàng zhōngjí bān.

測驗　N.　cèyàn　test

學生：老師，這個測驗對我來說太難了。
Xuéshēng: Lǎoshī, zhèige cèyàn duì wǒ lái shuō tài nán le.

尼克：不要這麼早就放棄，你應該好好準備。
Níkè : Búyào zhème zǎo jiù fàngqì, nǐ yīnggāi hǎohǎo zhǔnbèi.

標準　N.　biāozhǔn　standard

雅婷：我很想當空服員（空姐），可是我身高沒達到標準。
Yǎtíng : Wǒ hěn xiǎng dāng kōngfúyuán (kōngjiě), kěshì wǒ shēngāo méi dádào biāozhǔn.

美惠：其實在補習班工作也很不錯！
Měihuì : Qíshí zài bǔxíbān gōngzuò yě hěn búcuò!

抽空　V.　chōukōng　to find the time to do sth

美惠：最近過得怎麼樣？
Měihuì : Zuìjìn guò de zěnmeyàng?

怡君：最近很忙，但是我每週都會抽空去健身房運動。
Yíjūn : Zuìjìn hěn máng, dànshì wǒ měi zhōu dōu huì chōukòng qù jiànshēnfáng yùndòng.

加強　V.　jiāqiáng　to improve

尼克：我要怎麼加強我的中文閱讀能力？
Níkè : Wǒ yào zěnme jiāqiáng wǒ de Zhōngwén yuèdú nénglì?

雅婷：你可以多看一些文章或者故事。如果有不懂的地方，
Yǎtíng : Nǐ kěyǐ duō kàn yì xiē wénzhāng huòzhě gùshì, rúguǒ yǒu bù dǒng de dìfāng,

可以問我。
kěyǐ wèn wǒ.

對話 Conversation

學生：老師，妳覺得我這次分級測驗的成績可不可以上中級班？

美惠：嗯……妳考得比上次好，可惜成績還是沒達到上中級班的
　　　標準。

學生：可是我每天都很努力地背單字，為什麼還是考不好？

美惠：我覺得妳的單字量夠了，可是聽力的部分還需要加強。**我建議妳每天抽一點時間聽光碟**，加強妳的聽力。

學生：好的，我會試試看。謝謝老師。

Xuéshēng : Lǎoshī, nǐ juéde wǒ zhè cì fēnjí cèyàn de chéngjī kě bù kěyǐ shàng zhōngjí bān?

Měihuì　　: En…nǐ kǎo de bǐ shàngcì hǎo, kěxí chéngjī háishì méi dádào shàng zhōngjí bān de biāozhǔn.

Xuéshēng : Kěshì wǒ měi tiān dōu hěn nǔlì de bèi dānzì, wèishéme háishì kǎo bù hǎo?

Měihuì　　: Wǒ juéde nǐ de dānzì liàng gòu le, kěshì tīnglì de bùfèn hái xūyào zài jiāqiáng. Wǒ jiànyì nǐ měi tiān chōu yìdiǎn shíjiān tīng guāngdié, jiāqiáng nǐ de tīnglì.

Xuéshēng : Hǎode, wǒ huì shìshì kàn. Xièxie lǎoshī.

Student : Teacher, do you think that this time I tested well enough on the placement test for the intermediate level?

Amy　　: (groans)… You tested better than last time, with improvement. It's a shame that your grades are still not high enough to meet the intermediate level's standards.

Student : But I work very hard every day to memorize words. Why do I still test so poorly?

Amy　　: I think that your vocabulary is enough, but the listening portion still needs improvement. I suggest that everyday you find a little time to listen to a CD, to improve your listening.

Student : Ok. I will try it out and see. Thanks, teacher.

複習 REVIEW

Please choose the best answer.

1

美惠：你這次考試，怎麼又是滿江紅？

學生：＿＿＿＿＿＿＿＿＿＿＿＿

（1）謝謝老師的讚美。

（2）紅色很漂亮。

（3）對不起，我下次會更用功。

2

雅　婷：主任，請問這次的員工旅遊要去哪裡？

王主任：我尊重大家的意見，我們就＿＿＿＿＿吧！

（1）王主任自己決定

（2）投票表決

（3）少數人決定

3

美惠：你用了哪些方法幫學生準備考試？

尼克：我用了很多方法，＿＿＿＿：考試前幫大家複習生詞、語法和課文等等。

（1）其實

（2）總而言之

（3）比如說

4

你的朋友想減肥，他希望你給他一點建議，你要怎麼對他說？

_____

5

如果你是會議的主持人（*huìyì de zhǔchírén* "the chair of a meeting"），
當大家討論得差不多的時候，你要說什麼？

_____

6

請在空格處填入適當的詞彙。

| 其實 | 標準 | 比如說 | 建議 | 測驗 | 加強 |

尼克：要怎麼做才能讓學生提高_____的成績？

美惠：_____對學生來說，考試不是唯一能提升他們英文程度
的方法。

尼克：妳可以給我一些除了考試以外的_____嗎？

美惠：可以。_____：多做些英文活動，在活動中_____
他們的英文口說能力。

尼克：好，我試試看，謝謝妳。

Unit 9-1

他一定是腳踏兩條船。

Tā yídìng shì jiǎo tà liǎng tiáo chuán.

He surely has two lovers at the same time.

 每日一句 Daily Sentence

他一定是腳踏兩條船。

Tā yídìng shì jiǎo tà liǎng tiáo chuán.

This idiom literally means to stand with feet in two boats, but it doesn't really mean that both feet are in two boats. It means that the person has two lovers at the same time. Usually it is said between friends in private when they are chatting about a certain person's affairs, and you wouldn't ever say it in front of the person.

生詞 Vocabulary

西門町   N.   Xīméntǐng   a famous shopping street located in Taipei

地名，在台北市，是逛街、購物的地方。
Dìmíng, zài Táiběi Shì, shì guàngjiē, gòuwù de dìfāng.

逛街   V.   guàngjiē   to take a walk; window shopping

雅　婷：美惠，下班後我們一起去逛街吧！
Yǎtíng : Měihuì, xiàbān hòu wǒmen yìqǐ qù guàngjiē ba!

美　惠：好啊，我正好想買幾件新衣服。
Měihuì : Hǎo a, wǒ zhènghǎo xiǎng mǎi jǐ jiàn xīn yīfú.

背影   N.   bèiyǐng   a view of somebody's back

尼　克：前面那個人的背影……好像是志明……
Níkè : Qiánmiàn nà ge rén de bèiyǐng...... hǎoxiàng shì Zhìmíng......

布萊恩：是他沒錯，我們找他一起吃晚餐。
Bùlái'ēn : Shì tā méicuò, wǒmen zhǎo tā yìqǐ chī wǎncān.

八卦   N.   bāguà   gossip

雅　婷：尼克，我跟你說一個八卦。
Yǎtíng : Níkè, wǒ gēn nǐ shuō yí ge bāguà.

尼　克：不好意思，我現在很忙，沒辦法聽。
Níkè : Bùhǎoyìsi, wǒ xiànzài hěn máng, méibànfǎ tīng.

關於   Prep.   guānyú   about

王主任：雅婷，學生最近的成績非常不理想。
Wáng zhǔrèn : Yǎtíng, xuéshēng zuìjìn de chéngjī fēicháng bù lǐxiǎng.

雅　婷：關於這個問題，我會跟老師討論討論。
Yǎtíng : Guānyú zhè ge wèntí, wǒ huì gēn lǎoshī tǎolùn tǎolùn.

花心   Adj.   huāxīn   to be like a playboy

美　惠：為什麼妳跟交往一年的男朋友分手了？
Měihuì : Wèishénme nǐ gēn jiāowǎng yì nián de nánpéngyǒu fēnshǒu le?

雅　婷：因為他太花心了！除了我以外，他還有其他的女人。
Yǎtíng : Yīnwèi tā tài huāxīn le! Chúle wǒ yǐwài, tā háiyǒu qítā de nǚrén.

　　　　每次想到我就生氣！
Měicì xiǎngdào wǒ jiù shēngqì!

論及婚嫁   Phrase   lùnjíhūnjià   discuss marriage

布萊恩：昨天晚上我做夢，夢到我有一個論及婚嫁的女友！
Bùlái'ēn : Zuótiān wǎnshàng wǒ zuòmèng, mèngdào wǒ yǒu yí ge lùnjíhūnjià de nǚyǒu!

志　明：是美惠嗎？
Zhìmíng : Shì Měihuì ma?

腳踏兩條船	Idiom	jiǎo tà liǎng tiáo chuán

lit. to stand with each foot in a different boat;
fig. to have it both ways; (especially) to have two
lovers at the same time

美　惠：腳踏兩條船的男人最討厭了！
Měihuì　：Jiǎo tà liǎng tiáo chuán de nánrén zuì tǎoyàn le!

雅　婷：就是啊！好男人真難找。
Yǎtíng　：Jiùshì a! Hǎo nánrén zhēn nán zhǎo.

 ## 對話 Conversation

（補習班）

雅婷：美惠，我跟妳說，我昨天在西門町逛街的時候，看到王主
　　　任和一個女生走在一起。

美惠：真的嗎？那個女生長得怎麼樣？

雅婷：可惜我只看到她的背影，沒看到她的樣子。不過，她的屁
　　　股很大，大得跟西瓜一樣。

美惠：哇！太誇張了吧！那麼，一定很會生小孩吧？

尼克：妳們在說什麼？

雅婷：我們在聊八卦。

尼克：是關於什麼的？

雅婷：是關於王主任的。

美惠：可是我之前聽說他有個女朋友，已經論及婚嫁了，我想**他
　　　一定是腳踏兩條船**。

雅婷：王主任真花心！

（Bǔxíbān）

Yǎtíng : Měihuì, wǒ gēn nǐ shuō yí jiàn shì! Wǒ zuótiān zài Xīméntǐng guàngjiē de shíhòu, kàndào Wáng zhǔrèn hé yí ge nǚshēng zǒu zài yìqǐ.

Měihuì : Zhēn de ma? Nà ge nǚshēng zhǎng de zěnmeyàng?

Yǎtíng : Kěxí wǒ zhǐ kàndào tā de bèiyǐng, méi kàndào tā de yàngzi.
Búguò, tā de pìgǔ hěn dà, dà de gēn xīguā yíyàng.

Měihuì : Wa! Tài kuāzhāngle ba! Nàme, yídìng hěn huì shēng xiǎohái ba!

Níkè : Nǐmen zài shuō shénme?

Yǎtíng : Wǒmen zài liáo bāguà.

Níkè : Shì guānyú Shénme de?

Yǎtíng : Shì guānyú Wáng zhǔrèn de.

Měihuì : Kěshì wǒ zhīqián tīngshuō tā yǒu ge nǚpéngyǒu yǐjīng lùnjíhūnjià le. Wǒ xiǎng tā yídìng shì jiǎo tà liǎng tiáo chuán.

Yǎtíng : Duì ya! Tā zhēn huāxīn!

（At the training school）

Tracy : Amy, I need to tell you something! Yesterday, when I was out walking at Ximending, I saw Director Wang and a girl walking together.

Amy : Really? What did that girl look like?

Tracy : Unfortunately, I only saw her back, and didn't get to see what she looked like. But she had a big hip, big like a watermelon!

Amy : Oh! So exaggerated! Well, she clearly is good for making babies.

Nick : What are you guys talking about?

Tracy : We are gossiping.

Nick : About what?

Tracy : About Director Wang.

Amy : But I heard before that he had a girlfriend, and they had even discussed marriage. I think he surely has two lovers at the same time.

Tracy : Yeah! He's really a playboy!

　　中國舊社會認為屁股大的女人很會生孩子，以前主要是以農業為生，需要很多人力。所以很多家長在替兒子選媳婦（太太）時，女生屁股大往往也是很重要的選擇條件之一。到了現代仍然有人有這種觀念。

An old Chinese societal belief is that women with big hips are very good for having babies. At that time, when society was primarily agricultural and needed as many workers as possible, and when the family head would help their son chose a daughter-in-law, women with big buttocks were often an important prerequisite for selection. And even today, there are still some people who have this notion.

　　現代人流行使用「劈腿」，來表示一個人「腳踏兩條船」。

Modern man's popular use of *pī tuǐ* (literal meaning: spread two legs; two-timing) has come to represent having two lovers at the same time.

語法 Grammar

跟……一樣

「A跟B一樣」和「A和B一樣」、「A像B一樣」用法相同。課文對話的「屁股大得跟西瓜一樣。」也可以說「屁股跟西瓜一樣大」。

這兩句的句型分別是：

1. N1 + Adj. 得 + 跟 N2一樣
2. N1 + 跟 N2一樣 Adj.

N1跟N2有很像的地方，我們就可以用這兩個句型。有時候第二個句型中的Adj.可以省略不說。

例句：

1. 張媽媽：志明！客廳怎麼這麼亂？！

　 張爸爸：亂得**跟**垃圾場**一樣**！還不快點整理一下！

2. 志明：你第一次看到漢字的時候，你有什麼感覺？

　 尼克：我覺得每一個漢字都**跟畫一樣**！

練習：

1. 雅婷：林媽媽做的鳳梨酥很好吃！她可以開店了！

　 美惠：對啊，林媽媽＿＿＿＿＿＿＿＿＿＿＿＿＿。（師傅）

2. 美惠：我覺得那位明星的眼睛很迷人。

　 尼克：是嗎？我覺得＿＿＿＿＿＿＿＿＿＿＿。（細/一條線）

3. 工讀生：王主任打呼（dǎhū "snore"）的聲音好大。

　 雅　婷：嗯，＿＿＿＿＿＿＿＿＿＿＿。（打雷）

Unit 9-2

腳細得跟竹竿一樣。

Jiǎo xì de gēn zhúgān yíyàng.

Legs are as thin as bamboo poles.

 每日一句 Daily Sentence

腳細得跟竹竿一樣。

Jiǎo xì de gēn zhúgān yíyàng.

Bamboo poles are poles made from bamboo, and they are very thin. Saying, "legs are as thin as bamboo poles", represents that a person's legs are skinny, like upright standing bamboo poles.

生詞 Vocabulary

紙片人　　　N.　　　zhǐpiànrén　　　a paper cutout figure

志明：你覺得紙片人模特兒漂亮嗎？
Zhìmíng：Nǐ juéde zhǐpiànrén mótè'ěr piàoliàng ma?

尼克：不漂亮，她們太瘦了，而且很不健康。
Níkè：Bú piàoliàng, tāmen tài shòu le, érqiě hěn bú jiànkāng.

對話 Conversation

（雅婷和美惠在逛街。）

雅婷：美惠，妳看對面街上的那個女孩子，好瘦啊！

美惠：真的！

雅婷：**腳細得跟竹竿一樣**。根本就是紙片人！

美惠：對啊，好像風一吹，就會被吹走一樣。

（Yǎtíng hé Měihuì zài guàngjiē.）

Yǎtíng：Měihuì, nǐ kàn duìmiàn de nà ge nǚháizi, hǎo shòu a!

Měihuì：Zhēn de!

Yǎtíng：Jiǎo xì de gēn zhúgān yíyàng. Gēnběn jiùshì zhǐpiànrén!

Měihuì：Duì a, hǎoxiàng fēng yì chuī, jiù huì bèi chuī zǒu yíyàng.

（Tracy and Amy are window shopping.）

Tracy：Amy, look across the street at that girl, she's so skinny!

Amy　：Really!

Tracy：Her legs are as thin as bamboo poles. She's basically a paper cutout!

Amy　：Yeah, if it were windy, it would blow her away.

Unit 9-3

太陽打西邊出來。

Tàiyáng dǎ xībiān chūlái.

This has never happened before.

 每日一句 Daily Sentence

太陽打西邊出來。

Tàiyáng dǎ xībiān chūlái.

The sun rises in the east, so "the sun rising in the west" is an impossibility. You can use this phrase when you think that something is impossible to succeed, or will never happen.

豬窩　　　　N.　　　zhūwō　　　　　a pig sty

尼　克：布萊恩，志明說你的房間像豬窩。
Níkè　　：Bùlái'ēn, 　　Zhìmíng shuō nǐ de fángjiān xiàng zhūwō.

布萊恩：他錯了，這麼亂才像男人的房間。
Bùlái'ēn：Tā cuò le, 　　Zhème luàn cái xiàng nánrén de fángjiān.

太陽打西邊出來　　Tàiyáng dǎ xībiān chūlái
　　　　　　　　　　lit. the sun rises in the west;
　　　　　　　　　　fig. this has never happened before

志　明：布萊恩竟然在打掃！今天是太陽打西邊出來了嗎？
Zhìmíng　：Bùlái'ēn jìngrán zài dǎsǎo! 　Jīntiān shì tàiyáng dǎ xībiān chūláile ma?

布萊恩：我偶爾也會想打掃一下的。
Bùlái'ēn：Wǒ ǒu'ěr yě huì xiǎng dǎsǎo yíxià de.

整理　　　　V.　　　zhěnglǐ　　　　clean up; tidy up

布萊恩：我朋友明天要住在這裡，可是我們沒有客房可以讓他睡。
Bùlái'ēn：Wǒ péngyǒu míngtiān yào zhùzài zhèlǐ, 　kěshì wǒmen méiyǒu kèfáng kěyǐ ràng tā shuì.

志　明：那麼，把儲藏室整理整理當做客房吧。
Zhìmíng　：Nàme, 　bǎ chúcángshì zhěnglǐ zhěnglǐ dāngzuò kèfáng ba.

尼克：布萊恩的房間亂得跟豬窩一樣。他都沒整理房間嗎？

志明：除非**太陽打西邊出來**，他才會整理房間。

尼克：什麼意思？

志明：你覺得太陽可能從西邊出來嗎？

尼克：不可能。

志明：所以你懂了吧！

Níkè　　：Bùlái'ēn de fángjiān luàn de gēn zhūwō yíyàng. Tā dōu méi zhěnglǐ fánjiān ma?

Zhìmíng：Chúfēi tàiyáng dǎ xībiān chūlái, tā cái huì zhěnglǐ fángjiān.

Níkè　　：Shénme yìsī?

Zhìmíng : Nǐ juéde tàiyáng kěnéng cóng xībiān chūlái ma?

Níkè ： Bù kěnéng.

Zhìmíng : Suǒyǐ nǐ dǒngle ba!

Nick ： Brian's room is as dirty as a pig sty. Does he ever clean up?

Peter ： Unless the sun rises in the west, he won't clean up his room.

Nick ： What do you mean?

Peter ： Do you think that the sun can rise in the west?

Nick ： No, it can't.

Peter ： So, you understand!

複習 REVIEW

Please choose the best answer.

1

雅婷：妳知道嗎？聽說志明的女朋友劈腿了。

美惠：真的嗎？可是我昨天還看到他們很開心地走在一起啊！

雅婷：可能志明原諒她了吧！

（1）志明的女朋友很會劈腿。

（2）志明的女朋友腳踏兩條船。

（3）志明和女朋友分手了。

2

志明：喝飲料的那個女孩好像紙片人，風一吹就會被吹走似的。

尼克：是啊。

（1）紙片人是用紙剪成的圖片。

（2）紙片人被風吹走了。

（3）紙片人太瘦，可能被風吹走。

3

布萊恩：這個紅豆餅（*hóngdòu bǐng* "sweet red-bean pan cake"）是
　　　　誰買的？

志　明：我買的。好吃嗎？

布萊恩：非常好吃，要我連續吃三個月都沒問題！

請問他們在說什麼？

（1）布萊恩吃了三個月的紅豆餅。

（2）布萊恩買了紅豆餅。

（3）布萊恩吃了紅豆餅。

4

如果你發現你好朋友已論及婚嫁的男朋友/女朋友腳踏兩條船，你會不會告訴你的好朋友？為什麼？

_____

5

你的朋友已經很瘦了，但是她還是覺得自己太胖，想要減重，你會怎麼跟她說？

_____

6

如果你平時不做飯，但是今天親自下廚煮晚餐給你的室友吃，他會怎麼說？

_____

讚美 Praise

Unit 10-1

您女朋友真有眼光。

Nín nǚpéngyǒu zhēn yǒu yǎnguāng.

Your girlfriend really has good taste.

 每日一句 Daily Sentence

您女朋友真有眼光。

Nín nǚpéngyǒu zhēn yǒu yǎnguāng.

有眼光 "having vision" is used to praise others ability for having good taste. If your friend bought something that you think looks great, other than saying you think it looks great, you can also say to your friend, 你真有眼光！ "You really have great taste!" 您 is the polite form of 你. When you talk to your boss, use 您.

領帶　　N.　　lǐngdài　　neck tie

美惠：我覺得男生打上領帶後，看起來會變得更成熟。
Měihuì：Wǒ juéde nánshēng dǎshàng lǐngdài hòu, kàn qǐlái huì biàn de gèng chéngshóu.

怡君：我也這麼覺得。
Yíjūn：Wǒ yě zhème juéde.

眼光　　N.　　yǎnguāng　　taste; vision

美惠：雅婷，妳覺得這件衣服真的適合我嗎？
Měihuì：Yǎtíng, nǐ juéde zhè jiàn yīfú zhēnde shìhé wǒ ma?

雅婷：這件衣服真的很適合妳。請相信我的眼光。
Yíjūn：Zhè jiàn yīfú zhēn de hěn shìhé nǐ, qǐng xiāngxin wǒ de yǎnguāng.

對話 Conversation

（補習班）

雅　婷：王主任，這條領帶是新買的嗎？

王主任：是啊，是我女朋友送的。

雅　婷：**您女朋友真有眼光**。打上這條領帶後，您看起來更年輕了。

王主任：妳的嘴那麼甜，不怕蛀牙嗎？

雅　婷：（笑）

（Bǔxíbān）

Yǎtíng　　　：Wáng zhǔrèn, zhè tiáo lǐngdài shì xīn mǎi de ma?

Wáng zhǔrèn：Shì a, shì wǒ nǚpéngyǒu sòngde.

Yǎtíng　　　：Nín nǚpéngyǒu zhēn yǒu yǎnguāng. Dǎshàng zhè tiáo lǐngdài hòu, nín kàn qǐlái gèng niánqīng le.

Wáng zhǔrèn：Nǐde zuǐ nàme tián, bú pà zhùyá ma?

Yǎtíng　　　：（xiào）

（At the Training School）

Tracy : Director Wang, is that a new tie?

Director Wang : Yes, my girlfriend gave it to me.

Tracy : Your girlfriend really has good taste. When you wear this tie, it makes you look even younger.

Director Wang : You're such a smooth talker ("mouth is sweet"). You aren't afraid of tooth decay?

Tracy : （Smiles）

Unit 10-2

幸好有他幫忙，不然我可能就開天窗了。

Xìnghǎo yǒu tā bāngmáng, bùrán wǒ kěnéng jiù kāi tiānchuāng le.

Fortunately I had his help, otherwise I may have missed the deadline.

 每日一句 Daily Sentence

幸好有他幫忙，不然我可能就開天窗了。

Xìnghǎo yǒu tā bāngmáng, bùrán wǒ kěnéng jiù kāi tiānchuāng le.

The original meaning of 開天窗 *kāi tiānchuāng* (literal meaning: "make a skylight in the roof") was: when a newspaper article or news program was cancelled or there wasn't enough time to finish it, it was unable to be published or broadcasted. Later, one need only have something to do that wasn't yet finished, and can already call it 開天窗 *kāi tiānchuāng* "having missed the deadline; having nothing to offer before the deadline".

生詞 Vocabulary

勤快　Adj.　qínkuài　dilligent

志　明：布萊恩，你能不能勤快一點多打掃打掃你的房間？
Zhìmíng　：　Bùlái`ēn,　nǐ néng bù néng qínkuài yìdiǎn duō dǎsǎo dǎsǎo nǐ de fángjiān?

你的房間都快變成垃圾山了。
Nǐ de fángjiān dōu kuài biànchéng lèsè shān le.

布萊恩：好、好。
Bùlái'ēn　：　Hǎo,　hǎo.

交代　V.　jiāodài　explain

小　明：老師交代的作業你都寫完了嗎？
Xiǎo Míng　：　Lǎoshī jiāodài de zuòyè nǐ dōu xiěwán le ma?

小　華：還沒。
Xiǎo Huá　：　Hái méi.

報告　N.　bàogào　report

王主任：這份報告做得真好。
Wáng zhǔrèn　：　Zhè fèn bàogào zuò de zhēn hǎo.

雅　婷：哪裡，還有一些地方要再修改一下。
Yǎtíng　：　nǎlǐ,　hái yǒu yìxiē dìfāng yào zài xiūgǎi yíxià.

開天窗　Fixed expression　kāi tiānchuāng　miss the deadline; have nothing to offer before the deadline

尼　克：志明，你怎麼看起來很緊張？
Níkè　：　Zhìmíng,　nǐ zěnme kàn qǐlái hěn jǐnzhāng?

志　明：我不小心把程式弄壞了。如果今天做不出新的來，
Zhìmíng　：　Wǒ bù xiǎoxīn bǎ chéngshì nònghuài le.　Rúguǒ jīntiān zuò bù chū xīn de lái,

明天的報告就要開天窗了。
míngtiān de bàogào jiù yào kāi tiānchuāng le.

勤勞　Adj.　qínláo　hard working

布萊恩：志明，我勤勞嗎？
Bùlái'ēn　：　Zhìmíng,　wǒ qínláode ma?

志　明：如果你勤勞的話，太陽可能就要打西邊出來了。
Zhìmíng　：　Rúguǒ nǐ qínláode de huà,　tàiyáng kěnéng jiù yào dǎ xībiān chūlái le.

對話 Conversation

（補習班）

美惠：新來的工讀生工作真勤快，交代的事很快就做好了。

雅婷：沒錯，上次英文故事比賽的報告，**幸好有他幫忙，不然我就可能要開天窗了。**

美惠：這年頭要遇到這麼勤勞的工讀生還真不容易。

（Bǔxíbān）

Měihuì : Xīn lái de gōngdúshēng gòngzuò zhēn qínkuài, jiāodài de shì hěn kuài jiù zuò hǎo le.

Yǎtíng : Méicuò, shàngcì Yīngwén gùshì bǐsài de bàogào, xìnghǎo yǒu tā bāngmáng, bùrán wǒ jiù kěnéng yào kāi tiānchuāng le.

Měihuì : Zhèniántóu yào yùdào zhème qínláo de gōngdúshēng hái zhēn bù róngyì.

（At the Training School）

Amy : The new student worker is very dilligent. After giving him tasks, he quickly goes and does them.

Tracy : That's right, at the last English story competition, I had to give a report.

Fortunately I had his help, or I may have missed the deadline.

Amy : Coming across such a hard working student worker this year really isn't easy.

Unit 10-3

妳真有福氣。

Nǐ zhēn yǒu fúqì.

You are really lucky.

 每日一句 Daily Sentence

妳真有福氣。
Nǐ zhēn yǒu fúqì.

During the Chinese New Year, Taiwanese people really like to write the character 福 *fú* on a red square of paper, and hang it upside down on the wall or on the front door. It represents that prosperity has arrived.（The pronunciation of *fú dào* can mean upside down fu, or that prosperity has arrived.）The meaning of 福氣 *fúqì* is that life is destined to be enjoyed, so everyone should wish for good luck, the more the better. If someone's son or daughter is exceptionally filial or outstanding, we can say that the parents are blessed.

生詞 Vocabulary

孝順　　　Adj.　　xiàoshùn　　　filial piety

志　明：尼克，布萊恩很孝順嗎？
Zhìmíng　: Níkè,　Bùlái'ēn　hěn xiàoshùn ma?

尼　克：是啊，他很孝順，在家裡會幫媽媽做很多事。
Níkè　: Shì a,　tā hěn xiàoshùn,　zài jiā lǐ huì bāng māma zuò hěn duō shì.

福氣　　　N.　　fúqì　　　good luck

張媽媽：你家女兒這麼棒。能娶到她的人真有福氣。
Zhāng māma : Nǐ jiā nǚ'ér zhème bàng.　Néng qǔdào tā de rén zhēn yǒu fúqì.

錢伯伯：哪裡哪裡。
Qián bóbo : Nǎlǐ　nǎlǐ.

乖巧　　　Adj.　　guāiqiǎo　　　cute; clever; lovely

尼　克：美惠，妳喜歡什麼樣的學生？
Níkè　: Měihuì,　nǐ xǐhuān shénmeyàng de xuéshēng?

美　惠：我喜歡乖巧又聽話的學生。
Měihuì　: Wǒ xǐhuān guāiqiǎo yòu tīnghuà de xuéshēng.

對話 Conversation

（錢伯伯和張媽媽在聊天。）

錢伯伯：志明很孝順也很會賺錢，**妳真有福氣**。

張媽媽：哪裡，其實他還像個沒長大的孩子。你家女兒也很不錯
　　　　啊！又漂亮又乖巧。

錢伯伯：嘿嘿嘿。她長得還不錯……

（Qián bóbo hé Zhāng māma zài liáotiān.）

Qiánbóbo　　: Zhìmíng hěn xiàoshùn yě hěn huì zhuànqián, nǐ zhēn yǒu fúqì.

Zhāngmāma : Nǎlǐ, qíshí tā hái xiàng ge méi zhǎngdà de háizi. Nǐ jiā nǚ'ér yě hěn
　　　　　　　búcuò a! Yòu piàoliàng yòu guāiqiǎo.

Qiánbóbo　　: Hēi hēi hēi . Tā zhǎng de hái búcuò......

（Uncle Qian and Mother Zhang are chatting）

Uncle Qian　　: Peter is very filial and can earn money. You are very lucky.

Mother Zhang : (modestly) No, actually he still is like a kid who hasn't grown up. Your daughter is also really great! She's both pretty and clever.

Uncle Qian　　: Haha. She doesn't look bad…

文化 Culture

　　中國人被稱讚時，為了表達謙虛，會以「哪裡哪裡」、「你過獎了」、「我沒有你說的那麼好」來回答。比如，當有人當面誇獎你的小孩時，你可能會說「哪裡」來表示謙虛。不過，現在台灣人受到西方文化的影響，越來越勇於表現自己。當你讚美台灣人時，他們有的會樂於接受。比如，你對台灣朋友說「你的新衣服真好看」，他可能會回答你「謝謝」。

　　When a Chinese person is praised, in order to say something modest, they may reply with a remark, such as "哪裡哪裡", "你過獎了"（*guòjiǎng* "overpraise, flatter"）, "我沒有你說的那麼好". For example: if someone is in your face praising your child, you may say "哪裡" or "哪裡哪裡" to show modesty.. But now after Taiwanese have been influenced with Western culture, more and more are daring to express themselves. If you are praising Taiwanese people, some of them may happily accept the praise. For example: you tell your Taiwanese friend his new clothes look good, he may reply with "謝謝".

複習 REVIEW

Please choose the best answer.

1

雅婷：美惠，妳今天穿的這條裙子好漂亮！

美惠：謝謝，妳穿的衣服也很漂亮。

請問雅婷接著**不會**說什麼？

（1）我很喜歡妳的這條裙子。

（2）妳的衣服比我的漂亮。

（3）我不喜歡妳今天穿的衣服。

2

店員：請問您需要服務嗎？

志明：請問這條項鍊多少錢？

店員：您＿＿＿＿＿＿＿，這是我們店裡賣得最好的項鍊，只要
　　　1999元。

（1）真有眼力。

（2）真有眼色。

（3）真有眼光。

3

尼克：為什麼你不叫布萊恩整理房間？

志明：因為如果要叫他整理房間，我可能要叫他三十次才叫得動。

（1）叫布萊恩整理房間很容易。

（2）志明不喜歡布萊恩整理房間。

（3）叫布萊恩整理房間很難。

4

請完成下面的對話。

怡君：這條項鍊是妳買的嗎？好漂亮！

美惠：不是，＿＿＿＿＿＿＿＿＿＿＿＿。（媽媽、逛街）

怡君：＿＿＿＿＿＿＿＿＿＿＿，這條項鍊很適合妳！（眼光）

5

志明的結案報告差一點就要開天窗了，有位好心的同事留下來幫他一起完成。如果你是志明，你會怎麼對那位同事說？（請用「要不是」）

＿＿＿＿＿＿＿＿＿＿＿＿＿＿＿＿＿＿＿＿＿＿＿＿＿＿＿

6

你的鄰居是一對夫妻，你知道他們有兩個非常好的小孩，讓還沒結婚的你很羨慕（*xiànmù*, "admire, envy"）。你到他們家作客，你會怎麼說？（請用「孝順」、「乖巧」、「福氣」）

＿＿＿＿＿＿＿＿＿＿＿＿＿＿＿＿＿＿＿＿＿＿＿＿＿＿＿

Unit 11-1

我認輸了。
Wǒ rènshū le.
I admit defeat.

 每日一句 Daily Sentence

我認輸了。
Wǒ rènshū le.

This phrase is often used in competition, said by the person about to lose, before losing. In general conversation, it has the same meaning, and saying this to your conversation partner usually indicates that you concede the point and don't want to dispute it anymore, agreeing with them no matter what they said.

生詞 Vocabulary

垃圾　　　　N.　　　　lèsè　　　　garbage

志　明：房間裡還有沒有垃圾？我拿去倒。
Zhìmíng　: Fángjiān lǐ hái yǒu méiyǒu lèsè? Wǒ ná qù dào.

尼　克：沒有了。
Níkè　: Méiyǒu le.

認輸　　　　V.　　　　rènshū　　　　To concede; to admit defeat
（打電動）
（dǎ diàndòng）

布萊恩：哈哈！我贏了！
Bùlái'ēn　: Hā hā! Wǒ yíng le!

尼　克：我認輸了，你實在是太厲害了！
Níkè　: Wǒ rènshū le, nǐ shízài shì tài lìhài le!

對話 Conversation

志　明：布萊恩，快去拿垃圾。垃圾車快來了。
布萊恩：我現在沒空。
志　明：你真的不去？
布萊恩：沒錯。
志　明：我數到三，你再不去我就打電話給美惠。
布萊恩：好吧！**我認輸了**，我這就去拿垃圾。

Zhìmíng : Bùlái'ēn, kuài qù ná lèsè. Lèsèchē kuài lái le.
Bùlái'ēn : Wǒ xiànzài méi kòng.
Zhìmíng : Nǐ zhēnde bú qù?
Bùlái'ēn : Méicuò.
Zhìmíng : Wǒ shǔdào sān, nǐ zài bú qù wǒ jiù dǎ diànhuà gěi Měihuì.
Bùlái'ēn : Hǎo ba! Wǒ rènshū le, wǒ zhè jiù qù ná lèsè.

Peter : Brian, hurry and take the garbage out. The garbage truck is coming.
Brian : I'm not free right now.
Peter : You really won't do it?
Brian : That's right.
Peter : I'm going to count to three. If you still won't do it, I'll call Amy.
Brian : Ok! You win. I'm going right now to take the garbage out.

Unit 11-2

我們的商品一旦賣出，就不能退費。

Wǒmen de shāngpǐn yídàn màichū, jiù bù néng tuìfèi.

Once our products are sold, they cannot be refunded.

 每日一句 Daily Sentence

我們的商品一旦賣出，就不能退費。

Wǒmen de shāngpǐn yídàn màichū, jiù bù néng tuìfèi.

When a store sells products like TVs, clothing, or books, you may find after returning home that the product is damaged or has another problem, so you can only return the product to the store in hopes of an exchange, and you will not be able to get a refund. Normally, stores will have a seven to ten day period for customers to think about whether they want to return the product, and after this period expires, you will be unable to return or exchange it.

生詞 Vocabulary

鮮奶　　N.　　xiānnǎi　　milk

張媽媽：家裡的鮮奶沒了。志明！你去買一瓶鮮奶！
Zhāng māma ： Jiālǐ de xiānnǎi méi le. Zhìmíng! Nǐ qù mǎi yì píng xiānnǎi!

志　明：好。
Zhìmíng ： Hǎo.

過期　　V.　　guòqí　　to expire; be overdue

志　明：這瓶飲料都已經過期了！
Zhìmíng ： Zhè píng yǐnliào dōu yǐjīng guòqí le!

尼　克：快拿去丟了。
Níkè ： Kuài náqù diū le.

退費　　V.　　tuìfèi　　refund

志　明：不好意思，昨天我在這裡買了一個mp3，結果回家
Zhìmíng ： Bùhǎoyìsi, zuótiān wǒ zài zhèlǐ mǎile yí ge mp3, jiéguǒ huíjiā

發現不能用！請問可以退費或換一個新的給我嗎？
fāxiàn bù néng yòng! Qǐngwèn kěyǐ tuìfèi huò huàn yí ge xīnde gěi wǒ ma?

老　闆：對不起，不能退費，我馬上換一個新的給你。
Lǎobǎn ： Duìbùqǐ, bùnéng tuìfèi, wǒ mǎshàng huàn yí ge xīnde gěi nǐ.

老闆　　N.　　lǎobǎn　　owner

雅　婷：那家早餐店的老闆人真好！免費送我一杯飲料！
Yǎtíng ： Nà jiā zǎocāndiàn de lǎobǎn rén zhēn hǎo! Miǎnfèi sòng wǒ yì bēi yǐnliào!

美　惠：該不會今天在做促銷活動吧？
Měihuì ： Gāi bú huì jīntiān zài zuò cùxiāo huódòng ba?

合理　　Adj.　　hélǐ　　reasonable; fair

尼　克：這家店的便當好小，還賣100元！
Níkè ： Zhè jiā diàn de biàndāng hǎo xiǎo, huán mài yìbǎi yuán!

雅　婷：太不合理了！
Yǎtíng ： Tài bù hélǐ le!

消保官　　N.　　xiāobǎoguān　　Customer Protection Agency
（消保官＝消費者保護官）
（Xiāobǎoguān＝ Xiāofèizhě bǎohùguān）

告　　V.　　gào　　sue somebody for something; report a complaint against somebody

雅　婷：新聞每天都有人說：「我要告你！」，煩死人了！
Yǎtíng ： Xīnwén měitiān dōu yǒu rén shuō: 「Wǒ yào gào nǐ !」, fánsǐ rén le!

美　惠：別看新聞了，看別的節目吧！
Měihuì ： Bié kàn xīnwén le, kàn bié de jiémù ba!

對話 Conversation

雅　　婷：不好意思，我昨天在這裡買了一瓶鮮奶，回家後發現
　　　　　已經過期了，所以我要求退費。

商店老闆：小姐，**我們的商品一旦賣出，就不能退費。**

雅　　婷：那麼，可以換一瓶嗎？

商店老闆：對不起，也不行。

雅　　婷：除非你提出一個合理的解決方式，否則我會到消保官
　　　　　那裡告你。

Yǎtíng　　　　　　 : Bùhǎoyìsi, wǒ zuótiān zài zhèlǐ mǎile yì píng xiānnǎi, huíjiā
　　　　　　　　　　 hòu fāxiàn yǐjīng guòqí le, suǒyǐ wǒ yāoqiú tuìfèi.

Shāngdiàn lǎobǎn : Xiǎojiě, wǒmen de shāngpǐn yídàn màichū, jiù bù néng tuìfèi.

Yǎtíng　　　　　　 : Nàme, kěyǐ huàn yì píng ma?

Shāngdiàn lǎobǎn : Duìbùqǐ, yě bù xíng.

Yǎtíng　　　　　　 : Chúfēi nǐ tíchū yí ge hélǐ de jiějué fāngshì, fǒuzé wǒ huì dào
　　　　　　　　　　 xiāobǎoguān nàlǐ gào nǐ.

Tracy　　　 : Excuse me, yesterday I bought a bottle of milk, and after returning
　　　　　　　 home I discovered that it was past the expiration date, so I am
　　　　　　　 asking for a refund.

Store Boss : Miss, once our products are sold, they cannot be refunded.

Tracy　　　 : Well, can I exchange for a new bottle then?

Store Boss : I'm sorry, you can't do that either.

Tracy　　　 : Unless you can propose a reasonable solution, I will report you to
　　　　　　　 the Customer Protection Agency.

語法 Grammar

S 一旦 VP1，就 (不Aux/沒) VP2

用來表示只要第一件事情發生，第二件事情一定馬上就接著發生。「一旦售出，就不能退費。」這句話中，「售出」就是第一件事情，「不能退費」就是第二件事情。

例句：

1. （連續劇（*liánxùjù* "soap opera"）的對話）
   男人：我要跟妳分手，我要離開這裡！
   女人：好啊！你**一旦**離開，**就**不要再回來了！

2. 怡君：媽，我想跟我的男朋友結婚。
   媽媽：妳要想清楚，妳**一旦**結了婚，**就**沒辦法過現在自由的生活了。

練習：

1. 你的朋友珍妮（Zhēnní）很想成為一位大明星，可是大明星沒有隱私權（*yǐnsī quán* "privacy right"）。你會怎麼告訴她？

_____

（一旦……就……）

2. 爸爸：你真的決定要去台灣工作嗎？不多想一下嗎？
   尼克：我一旦_____就_____。

（決定/改變）

 **語法 Grammar**

除非 clause 1, 否則 clause 2

Clause 1 表示的是說話的人提出的唯一的條件。 如果不接受這個條件，clause 2 表示的聽話的人不希望發生的結果就會出現。「除非你提出一個合理的解決方式，否則我會到消保官那裡告你。」這句話中，「你提出一個合理的解決方式」就是說話的人提出的唯一的條件，「我會到消保官那裡告你」就是聽話的人不希望發生的結果。

例句：

1.學生：老師再見！我要回家了。

　尼克：你作業寫完了嗎？

　學生：還沒……

　尼克：**除非**你寫完功課，**否則**你不能回家。

2.布萊恩：志明，有沒有什麼減肥的方法能讓我很快瘦下來？

　志　明：怎麼可能？！**除非**你每天少吃、多運動，**否則**你永遠瘦不下來。

練習：

1.學生問老師有什麼方法可以不必花時間準備，也能通過TOCFL考試。你覺得老師會怎麼回答學生？

　老師：＿＿＿＿＿＿＿＿＿＿＿＿＿＿＿＿＿＿＿＿＿＿

　　　　　　　　　　　　　　　　（除非……，否則……）

2.小明要跟他的朋友一起去玩水，可是他不會游泳。他的媽媽知道了，會怎麼跟他說？

　媽媽：＿＿＿＿＿＿＿＿＿＿＿＿＿＿＿＿＿＿＿＿＿＿

　　（除非……，否則……）（游泳圈 *yóuyǒngquān* "swimming tube"）

你準備回家吃自己吧！

Nǐ zhǔnbèi huíjiā chī zìjǐ ba!

Prepare to go home and eat yourself!

 每日一句 Daily Sentence

你準備回家吃自己吧！

Nǐ zhǔnbèi huíjiā chī zìjǐ ba!

This sentence, 你準備回家吃自己吧, is usually said by a superior who is threatening or planning to fire an employee. If at any time a boss tells you this, you should pay close attention to your work attitude, otherwise your boss may really fire you.

生詞 Vocabulary

戶外教學　　Adj.　　hùwài jiāoxué　　field trip

王主任：這次的戶外教學有多少學生要參加？
Wáng zhǔrèn：Zhè cì de hùwài jiāoxué yǒu duōshǎo xuéshēng yào cānjiā?

雅　婷：大概30個人。
Yǎtíng：Dàgài sānshí gerén.

保險　　　　N.　　bǎoxiǎn　　insurance

尼　克：妳在做什麼？
Níkè：Nǐ zài zuò shénme?

雅　婷：我在幫學生辦平安保險。
Yǎtíng：Wǒ zài bāng xuéshēng bàn píngān bǎoxiǎn.

處理　　　　V.　　chùlǐ　　to handle; take care of

王主任：雅婷，這件事妳處理得很好。
Wáng zhǔrèn：Yǎtíng, zhè jiàn shì nǐ chùlǐ de hěn hǎo.

雅　婷：謝謝主任。
Yǎtíng：Xièxie zhǔrèn.

對話 Conversation

王主任：這個星期日就要去木柵動物園戶外教學了。學生的保
　　　　險，妳辦好了嗎？

雅　婷：這個……我等一下再處理。

王主任：今天都已經星期五了，如果妳在下班之前還沒辦好，
　　　　妳就準備回家吃自己吧！

雅　婷：對不起！我馬上辦！我今天一定會處理好！

Wáng zhǔrèn：Zhège xīngqí rì jiù yào qù Mùzhà dòngwùyuán hùwài jiāoxué le.
　　　　　　　Xuéshēng de bǎoxiǎn, nǐ bànhǎole ma?

Yǎtíng：Zhège…… wǒ děngyíxià zài chùlǐ.

Wáng zhǔrèn：Jīntiān dōu yǐjīng xīngqí wǔ le, rúguǒ nǐ zài xiàbān zhīqián hái méi
　　　　　　　bànhǎo, nǐ jiù zhǔnbèi huíjiā chī zìjǐ ba!

Yǎtíng：Duìbùqǐ! Wǒ mǎshàng bàn! Wǒ jīntiān yídìng huì chùlǐ hǎo!

Director Wang : This Saturday we are going to the Taipei Zoo for field trip.
Did you take care of the students' insurance?

Tracy : That… I am going to take care of it in a little bit later.

Director Wang : Today is already Friday. If you can't take care of it before
we finish work today, you can prepare to go home and eat
yourself!

Tracy : I'm sorry! I will handle it immediately! I can certainly have it
taken care of today!

複習　REVIEW

Please choose the best answer.

1

（布萊恩和尼克在房間裡玩PS3）

布萊恩：哈哈！你快死了！

尼　克：＿＿＿＿＿＿＿＿＿＿＿

（1）我不會認輸的！

（2）我會找人救你的！

（3）快去整理房間！

2

店員：先生，您好。

尼克：不好意思，昨天我在這裡買了這條褲子，可是我穿不下，
　　　請問可以＿＿＿＿嗎？

下列哪一個詞**不正確**？

（1）退費

（2）找錢

（3）換

3

老　闆：布萊恩！如果你明天再遲到，就回家吃自己吧！

布萊恩：對……對不起！老闆！我明天會準時的！

（1）如果老闆遲到，布萊恩可以叫老闆吃自己。

（2）如果布萊恩明天準時到，老闆要他吃自己。

（3）如果布萊恩明天遲到，老闆要布萊恩辭職（*cizhi* "resign"）。

4

如果你是老闆，有一位員工常常遲到，而且在上班時間打瞌睡
（*dǎkēshuì* "doze off"）。你想請他走路，可是又想給他一次機
會，你會怎麼跟他說？

_____

（請用「除非……否則……」）

5

志明和錢伯伯下棋。錢伯伯很會下棋，志明下不過他。快要輸
的時候，如果你是志明，你會說什麼？

_____

6

請完成以下對話。

尼克：小姐，不好意思，我上星期在這裡買了一台筆記型電腦，
　　　可是鍵盤有點問題，請問可以換一台嗎？

店員：喔，先生，不好意思，我們的商品一旦＿＿＿＿＿＿＿＿，
　　　就＿＿＿＿＿＿＿。

尼克：怎麼可能!? 我想跟你們的老闆談一談，可以嗎？

店員：老闆今天不在。

尼克：＿＿＿＿＿＿＿＿＿＿＿＿＿＿＿＿＿＿？（修理）

店員：不好意思，修電腦的工作是總公司的員工負責，不是我們。

尼克：什麼!? 除非＿＿＿＿＿＿＿＿，否則＿＿＿＿＿＿＿。

Unit 12-1

他每次都只是說說而已。

Tā měi cì dōu zhǐshì shuōshuō éryǐ.

He's just talk.

 每日一句 Daily Sentence

他每次都只是說說而已。
Tā měicì dōu zhǐshì shuōshuō éryǐ.

   When you think that what someone is saying is not correct, and that there is no way they can succeed in accomplishing their goal, because you can't see how they are trying to reach their goal, you can tell them, 你只是說說而已，meaning that what he just said is just talk, and can't actually happen.

生詞 Vocabulary

減肥　　V.　　jiǎnféi　　to lose weight

美　惠：我覺得我胖了，可能我最近吃太多蛋糕了。
Měihuì：Wǒ juéde wǒ pàngle, kěnéng wǒ zuìjìn chī tài duō dàngāo le.

雅　婷：我也覺得我的大腿好粗，要不要一起減肥？
Yǎtíng：Wǒ yě juéde wǒ de dàtuǐ hǎo cū, yào bú yào yìqǐ jiǎnféi?

恆心　　N.　　héngxīn　　persistence

學　生：老師，我覺得我很笨，英文單字背不起來，也聽不懂
xuéshēng：Lǎoshī, wǒ juéde wǒ hěn bèn, Yīngwén dānzì bèi bù qǐlái, yě tīng bù dǒng

尼克老師說的英文。
Níkè lǎoshī shuō de Yīngwén.

美　惠：加油！只要你有恆心每天練習聽英文、說英文，
Měihuì：Jiāyóu! Zhǐyào nǐ yǒu héngxīn měitiān liànxí tīng Yīngwén, shuō Yīngwén,

你一定會進步的！
nǐ yídìng huì jìnbù de!

持續　　V.　　chíxù　　continue; persist

美　惠：想學好中文就要每天持續練習。
Měihuì：Xiǎng xué hǎo Zhōngwén jiù yào měitiān chíxù liànxí.

尼　克：謝謝妳，我會努力學好中文的！
Níkè：Xièxie nǐ, wǒ huì nǔlì xué hǎo Zhōngwén de!

晨跑　　N.　　chénpǎo　　morning jogging

張媽媽：早安！你要去哪裡？
Zhāng māma：Zǎo'ān! Nǐ yào qù nǎlǐ?

錢伯伯：我要去學校操場晨跑。
Qián bóbo：Wǒ yào qù xuéxiào cāochǎng chénpǎo.

準　　V.　　zhǔn　　accurate

美　惠：昨天氣象預報說今天是晴天，怎麼從早上就開始
Měihuì：Zuótiān qìxiàng yùbào shuō jīntiān shì qíngtiān, zěnme cóng zǎoshàng jiù kāishǐ

下雨了？
xiàyǔ le?

雅　婷：有時候氣象預報也會不準啦！
Yǎtíng：Yǒu shíhòu qìxiàng yùbào yě huì bù zhǔn la!

對話 Conversation

尼克：志明，你覺得布萊恩會減肥成功嗎？

志明：**他每次都只是說說而已**，又沒恆心持續下去。我看他是不可能瘦下來的。

尼克：可是他最近都去晨跑又吃得比較少。我覺得他一定會瘦下來。

志明：現在誰說的都不準。幾天後我們就可以知道答案了。

Níkè　　：Zhìmíng, nǐ juéde Bùlái'ēn huì jiǎnféi chénggōng ma?

Zhìmíng：Tā měicì dōu zhǐshì shuōshuō éryǐ, yòu méi héngxīn chíxù xiàqù. Wǒ kàn tā shì bù kěnéng shòu xiàlái de.

Níkè　　：Kěshì tā zuìjìn dōu qù chénpǎo yòu chī de bǐjiào shǎo. Wǒ juéde tā yídìng huì shòu xiàlái.

Zhìmíng：Xiànzài shéi shuō de dōu bù zhǔn. Jǐtiān hòu wǒmen jiù kěyǐ zhīdào dá'àn le.

Nick : Peter, do you think Brian can be successful in losing weight?

Peter : He's just talk only. He also doesn't have any persistence to keep going. I don't think he can lose weight.

Nick : But recently he has been jogging in the morning and eating much less. I think he can lose weight for sure.

Peter : Right now both of us aren't really accurate. In a few days, we can find out the answer…

S只是VP而已

對說話的人來說，這句話表示的事情並不重要或者並不嚴重。「而已」在適當的語境中可以不說。

例句：

1. 媽媽：醫生，我兒子有發燒、咳嗽的症狀，會不會得了新流感（H1N1）？

   醫生：他**只是**感冒**而已**，妳不用太緊張。

2. 美惠：考試不能看同學的答案！你不知道嗎？！

   學生：我**只是**不小心看到她的答案**而已**啊……

練習：

1. 美惠：雅婷，下班後一起去逛街，怎麼樣？

   雅婷：我今天沒帶錢出門。

   美惠：＿＿＿＿＿＿＿＿＿，不買東西。（只是……而已）

2. 雅婷昨天晚上熬夜寫企劃書，今天的精神很不好。尼克問你「雅婷怎麼了？」，你會怎麼回答？

   ＿＿＿＿＿＿＿＿＿＿＿＿＿＿＿＿（只是……而已）

3. 布萊恩告訴怡君他連續一個星期都沒睡覺。怡君不相信他說的話，所以就問尼克。如果你是尼克，你會怎麼說？

   ＿＿＿＿＿＿＿＿＿＿＿＿＿＿＿＿（只是……而已）

Unit 12-2

這是當然的。
Zhè shì dāngránde.
Of course it is!

 每日一句 Daily Sentence

這是當然的。
Zhè shì dāngránde.

When your conversation partner is stating something, and you think what they said is reasonable, you can acknowledge what they say with, "of course it is."

生詞 Vocabulary

尾牙　N.　　wěiyá　　year-end dinner for employees

志　明：尾牙是台灣很特別的一個活動，有吃的、喝的
Zhìmíng ：Wěiyá shì Táiwān hěn tèbié de yí ge huódòng, yǒu chī de, hē de
還有很多表演可以看。
hái yǒu hěn duō biǎoyǎn kěyǐ kàn.

尼　克：感覺真有趣，我好想參加尾牙。
Níkè ：Gǎnjué zhēn yǒuqù, wǒ hǎo xiǎng cānjiā wěiyá.

獎品　N.　　jiǎngpǐn　　award; prize

尼　克：這次英文比賽第一名的獎品是什麼？
Níkè ：Zhè cì Yīngwén bǐsài dì-yī míng de jiǎngpǐn shì shénme?

雅　婷：王主任說，第一名的獎品可能是一台ipad喔！
Yǎtíng ：Wáng zhǔrèn shuō, dì-yī míng de jiǎngpǐn kěnéng shì yì tái ipad o!

景氣　N.　　jǐngqì　　prosperity; economic boom

雅　婷：今年景氣真不好，很多人都沒有工作可做。
Yǎtíng ：Jīnnián jǐngqì zhēn bù hǎo, hěn duō rén dōu méiyǒu gōngzuò kě zuò.

美　惠：希望明年的景氣會好一點。
Měihuì ：Xīwàng míngnián de jǐngqì huì hǎo yìdiǎn.

招生率　N.　　zhāoshēnglǜ　　acceptance rate (at a school)

雅　婷：今年的招生率不錯，多了好幾個學生。
Yǎtíng ：Jīnnián de zhāoshēnglǜ búcuò, duōle hǎo jǐ ge xuéshēng.

王主任：看來大家有得忙了！
Wáng zhǔrèn ：Kànlái dàjiā yǒu dé máng le!

慰勞　V.　　wèilào　　comfort; express sympathy

美　惠：這杯飲料是……？
Měihuì ：Zhè bēi yǐnliào shì ......?

雅　婷：是王主任請的。他說最近大家辛苦了，想好好
Yǎtíng ：Shì Wáng zhǔrèn qǐng de. Tā shuō zuìjìn dàjiā xīnkǔ le, xiǎng hǎohǎo
慰勞我們。
wèilào wǒmen.

抽獎　V.　　chōujiǎng　　have a draw (for a prize)

布萊恩：這是什麼禮物那麼大一包？
Bùlái'ēn ：Zhè shì shénme lǐwù nàme dà yìbāo?

志　明：是今天尾牙我抽獎抽到的獎品。
Zhìmíng ：Shì jīntiān wěiyá wǒ chōujiǎng chōudào de jiǎngpǐn.

雅婷：再過一個月就是尾牙了。

美惠：不知道今年尾牙的獎品會不會像去年一樣豐富？

雅婷：**這是當然的**！雖然今年景氣不太好，可是補習班的招生率
　　　還是很高。

尼克：什麼是尾牙？

美惠：尾牙就是每年十二月月底，公司為了慰勞員工辦的活動。

雅婷：還有抽獎活動喔！

Yătíng　: Zài guò yí ge yuè jiùshì wěiyá le.

Měihuì　: Bù zhīdào jīnnián wěiyá de jiǎngpǐn huì bú huì xiàng qùnián yíyàng
　　　　　fēngfù?

Yătíng　: Zhè shì dāngránde! Suīrán jīnnián jǐngqì bú tài hǎo, kěshì bǔxíbān de
　　　　　zhāoshēnglǜ háishì hěn gāo.

Níkè　　: Shénme shì wěiyá?

Měihuì　: Wěiyá jiù shì měinián shí'èr yuè yuèdǐ, gōngsī wèile wèilào yuángōng bàn
　　　　　de huódòng.

Yătíng　: Hái yǒu chōujiǎng huódòng o!

Tracy : In another month we will have our year end party.

Amy　: Who knows if this year's prize will be as lavish as last year's.

Tracy : Of course it will. Even though this year's economy isn't very good, but
　　　　the training school's acceptance rate is still very high.

Nick　: What is a 'year end party'?

Amy　: The 'year end party' takes place every year at the end of December; the
　　　　company holds an activity in order to look out for its employees.

Tracy : There is also a prize drawing activity!

語法 Grammar

為了 + 目的，S + VP

用來表示公司或者個人做某些事情來達到這個目的。

「為了慰勞員工，公司每年年底會舉辦尾牙。」這句話中，「慰勞員工」就是目的，「每年年底會舉辦尾牙」就是公司做的事情。

例句：

1.尼克：為什麼要辦尾牙？

雅婷：那是**為了**慰勞員工辛苦工作了一年，我們補習班每年年底都會舉辦尾牙。

2.美　惠：為什麼你想來補習班打工？

工讀生：**為了**增加我的工作經驗，我想來這裡打工。

練習：

1.雅婷覺得自己太胖了，所以她每天都去晨跑。

請用「為了」說出或者寫出句子。

2.布萊恩想買一台新的筆記型電腦，所以開始省下買零食的錢。

請用「為了」說出或者寫出句子。

3.小明想給媽媽買一個生日禮物，所以他去打工賺錢。
  請用「為了」說出或者寫出句子。

_____

Unit 12-3

他一定花了很多時間在準備這次的考試。

Tā yídìng huāle hěn duō shíjiān zài zhǔnbèi zhè cì de kǎoshì.

He must have spent a lot of time preparing for this test.

 每日一句 Daily Sentence

他一定花了很多時間在準備這次的考試。
Tā yídìng huāle hěn duō shíjiān zài zhǔnbèi zhè cì de kǎoshì.

When somebody does something very well, so that we all want to praise him, and you think that this kind of result isn't something that can happen all at once, then when others are applauding their work when it is finished, you can also say 他一定花了很多時間 doing something

生詞 Vocabulary

獎勵　　　N.　　jiǎnglì　　reward (as encouragement)

雅婷：這些是什麼？
Yǎtíng　：Zhèxiē　shì shénme?

美惠：是給學生的獎品。我想給考得好的學生一點獎勵。
Měihuì　：Shì gěi xuéshēng de jiǎngpǐn.　Wǒ xiǎng gěi kǎo de hǎo de xuéshēng yìdiǎn　jiǎnglì.

鼓勵　　　V.　　gǔlì　　　　to encourage

美惠：對那些成績比較差的學生，你要多鼓勵他們。
Měihuì　：Duì nàxiē　chéngjī bǐjiào chā de xuéshēng,　nǐ yào duō gǔlì　tāmen.

尼克：我會的
Níkè　：Wǒ huì de.

對話 Conversation

王美惠：小明這次考得很好！這是我第一次看到他的分數這麼高。

雅　婷：**他一定花了很多時間在準備這次的考試。**

美　惠：是啊！

雅　婷：給他點獎勵，鼓勵他一下吧！

Měihuì : Xiǎo Míng zhè cì kǎo de hěn hǎo! Zhè shì wǒ dì-yī cì kàndào tā de fēnshù
　　　　zhème gāo.

Yǎtíng : Tā yídìng huāle hěn duō shíjiān zài zhǔnbèi zhè cì de kǎoshì.

Měihuì : Shì a!

Yǎtíng : Gěi tā diǎn jiǎnglì, gǔlì tā yí xià ba!

Amy : This time Xiaoming did very well on the test! It's the first time he has
　　　 tested this high.

Tracy : He must have spent a lot of time preparing for this test.

Amy : Yeah!

Tracy : You should give him points to encourage him!

複習 REVIEW

Please choose the best answer.

1

雅婷：妳最近常吃大餐喔！好像胖了不少。

怡君：別說了，＿＿＿＿＿＿＿＿＿

（1）那家餐廳的菜真難吃！

（2）我打算明天開始晨跑減肥。

（3）妳也常吃大餐，不是嗎？

2

尼克：最近我們補習班辦了尾牙活動，很有趣！

尼克的美國朋友：什麼是尾牙？

尼克：＿＿＿＿＿＿＿＿＿＿＿＿＿

（1）台灣在每個月的月底，老闆為了慰勞員工辦的活動。

（2）台灣在每年的十二月底，老闆為了員工的健康，請醫生幫員工檢查牙齒。

（3）台灣在每年的十二月底，老闆為了慰勞員工辦的活動。

3

布萊恩：這是什麼？

志　明：這是一位女同事送我的巧克力。是她自己做的。

尼　克：看起來很不錯，＿＿＿＿＿＿＿＿＿

（1）這是你該得到的獎勵。

（2）她一定花了很多時間做這個巧克力。

（3）你應該鼓勵她多吃巧克力。

4

如果你是怡君，你會怎麼回答？請用「只是……而已……」回答。

美惠：妳男朋友不是說今年暑假要陪妳去日本旅行嗎？

怡君：＿＿＿＿＿＿＿＿＿＿＿＿＿＿＿＿＿＿＿＿＿

5

請在空格處填入適當的詞彙。

交代	抽獎	慰勞	獎品

（尾牙活動）

王主任：現在開始＿＿＿＿＿！唸到號碼的人請上台！

尼　克：今年會有什麼樣的＿＿＿＿＿啊？

美　惠：不知道呢。王主任為了＿＿＿＿＿＿＿大家，每年都很用心地
　　　　準備。

雅　婷：聽說今年最大獎是液晶電視！

6

你有一位男性朋友想要交女朋友，剛好你有一位不錯的女性朋友，所以你想把這位女性朋友介紹給他認識一下。以下是這位女性朋友的資料：

身高：165公分
體重：45公斤
年齡：30歲
工作：國小老師
嗜好：喜歡聽音樂、看小說。很會做菜。
優點：熱心助人
缺點：常常忘記事情

請用大約30個字向你的朋友介紹這位女性朋友。（內容須包含「每次都、一定」）

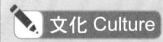 文化 Culture

Dress for interview success:

    While many interviews are similar, this book will not introduce topics one by one. Here we will introduce appropriate dress for teachers. Male teachers should avoid wearing sandals, shorts, and sleeveless shirts. Female teachers should avoid wearing clothes with thin shoulder straps, very short skirts, and if possible don't wear nail polish. In short, the appearance of your clothing should be clean, simple, and must not be exposing.

面試　　V.　　miànshì　　interview

美　惠：面試的結果怎麼樣？
　Měihuì ：Miànshì de jiéguǒ zěnmeyàng?

尼　克：不知道，但是我盡力了。
　Níkè ：Bùzhīdào, 　dànshì wǒ jìnlì le.

拘束　　V.　　jūshù　　hold back; restrict

布萊恩：不要拘束，把這裡當作是自己家！
　Bùlái'ēn ：Bú yào jūshù, 　bǎ zhèlǐ dāngzuò shì zìjǐ jiā!

尼　克：謝謝你！
　Níkè ：Xièxie nǐ!

證照　　N.　　zhèngzhào　　certificate

尼　克：在臺灣當英語老師，需要考什麼臺灣的證照？
　Níkè ：Zài Táiwān dāng yīngyǔ lǎoshī, 　xūyào kǎo shénme Táiwān de zhèngzhào?

美　惠：我想你有TEFL證照，應該就可以了。
　Měihuì ：Wǒ xiǎng nǐ yǒu TEFL zhèngzhào, yīnggāi jiù kěyǐ le!

熱忱　　N.　　zhāoshēnglǜ　　acceptance rate (at a school)

美　惠：你為什麼想當老師？
　Měihuì ：Nǐ wèishénme xiǎng dāng lǎoshī?

尼　克：因為我對教學很有熱忱。教書讓我覺得很快樂。
　Níkè ：Yīnwèi wǒ duì jiāoxué hěn yǒu rèchén. 　jiāo shū ràng wǒ juéde hěn kuàilè.

個性　　N.　　gèxìng　　personality

雅　婷：美惠，妳那位美國朋友的個性怎麼樣？
　Yǎtíng ：Měihuì, 　nǐ nà wèi Měiguó péngyǒu de gèxìng zěnmeyàng?

美　惠：我覺得他的個性還不錯，人很友善。
　Měihuì ：Wǒ juéde tā de gèxìng hái bùcuò, 　rén hěn yǒushàn.

積極　　Adj.　　jījí　　proactive; energetic; active

志　明：你喜歡美惠的話，就要積極一點。
　Zhìmíng ：Nǐ xǐhuān Měihuì dehuà, 　jiù yào jījí yìdiǎn.

布萊恩：你說得對，我下次會約她一起去看電影。
　Bùlái'ēn ：Yǒu shuō de duì, 　wǒ xiàcì huì yuē tā yìqǐ qù kàn diànyǐng.

應徵　　V.　　yìngzhēng　　to apply (for a job)

美　惠：我們補習班現在需要老師。你有沒有興趣來應徵？
　Měihuì ：Wǒmen bǔxíbān xiànzài xūyào lǎoshī. 　Nǐ yǒu méiyǒu xìngqù lái yìngzhēng?

尼　克：有！這真的是太好了！美惠，謝謝妳告訴我！
　Níkè ：Yǒu! Zhè zhēnde shì tài hǎo le! 　Měihuì, Xièxie nǐ gàosù wǒ!

狀況　　N.　　zhuàngkuàng　　situation

美　惠：今天我們班出了一點小狀況。
　Měihuì ：Jīntiān wǒmen bān chūle yìdiǎn xiǎo zhuàngkuàng.

雅　婷：怎麼了？是學生吵架嗎？
　Yǎtíng ：Zěnmele? Shì xuéshēng chǎojià ma?

| 打架 | V. | dǎjià | fight |

尼　克：我以前教書的時候，曾經遇過學生在上課的時候打架。
Níkè　:　Wǒ yǐqián jiāo shū de shíhòu,　céngjīng yùguò xuéshēng zài shàngkè de shíhòu dǎjià.

雅　婷：聽起來真可怕！
Yǎtíng　:　Tīng qǐlái zhēn kěpà!

| 發音 | N. | fāyīn | pronunciation |

尼　克：中文的發音真難！
Níkè　:　Zhōngwén de fāyīn zhēn nán!

布萊恩：是啊，我剛來台灣的時候，講出來的中文都沒人聽得懂。
Bùlái'ēn　:　Shì a,　wǒ gāng lái Táiwān de shíhòu,　jiǎng chūlái de Zhōngwén dōu Méi rén tīng de dǒng.

| 第三人稱單數 | N. | dì-sān rénchēng dānshù |
| | | third person singular |

| 結果 | N. | jiéguǒ | result; outcome |

志　明：尼克，你面試的結果怎麼樣？
zhìmíng　:　Níkè,　Nǐ miànshì de jiéguǒ zěnmeyàng?

布萊恩：志明，你急什麼？結果沒那麼快出來吧！
Bùlái'ēn　:　Zhìmíng,　nǐ jí shénme?　Jiéguǒ méi nàme kuài chūlái ba!

對話 Conversation

（尼克收到補習班的面試通知後，就去補習班面試了。）

尼　克：妳好，我是來面試的，我叫尼克。

雅　婷：請您跟我到會客室稍等一下。

尼　克：好。

雅　婷：請坐，請用茶。

尼　克：謝謝！

（10分鐘後，主任來了。尼克站了起來，跟他握手。）

王主任：你好。

尼　克：王主任，您好，我是尼克。

王主任：不要拘束，請坐。

尼　克：謝謝。

王主任：請你先自我介紹一下。

尼　克：您好，我叫尼克。我在美國教過兩年英文，我有TEFL的證照。我對教學很有熱忱，做事很積極，也很喜歡台灣。

王主任：你為什麼想來我們補習班工作？

尼　克：因為貴補習班的學生主要是兒童，而我非常喜歡和小孩子相處，所以來貴補習班應徵。

王主任：你在教學上曾經遇到過什麼特別狀況？你是怎麼解決的？

尼　克：我曾經遇到過小孩子上課上到一半打起架來。我讓他們分開坐，然後下課後問他們為什麼打架，再告訴語言學校這件事情。

王主任：你可以說說看以中文為母語的學生，在學英文的時候，有什麼需要注意的地方嗎？

尼　克：發音方面，學生不太會發[θ]。文法方面，主詞是第三人稱單數時，學生常常會忘記在動詞後面加s，另外，也常會忘記改變動詞的tense和aspect。

王主任：好，面試結果我過幾天會打電話通知你。

尼　克：好的，謝謝您。

"Níkè shōudào bǔxíbān de miànshì tōngzhī hòu, jiù qù bǔxíbān miànshì le."

| Níkè | : Nǐ hǎo, wǒ shì lái miànshì de, wǒ jiào Níkè. |

Yǎting　　　　: Qǐng nín gēn wǒ dào huìkèshì shāoděng yíxià.

Níkè　　　　: Hǎo.

Yǎting　　　　: Qǐng zuò, qǐng yòng chá.

Níkè　　　　: Xièxie!

（Shí fēnzhōng hòu, Wáng zhǔrèn lái le. Níkè zhànle qǐlái, gēn tā wòshǒu.）

Wáng zhǔrèn : Nǐ hǎo.

Níkè　　　　: Wáng zhǔrèn, nín hǎo, wǒ shì Níkè.

Wáng zhǔrèn : Bú yào jūshù, qǐng zuò.

Níkè　　　　: Xièxie.

Wáng zhǔrèn : Qǐng nǐ xiān zìwǒjièshào yíxià.

Níkè　　　　: Nín hǎo, wǒ jiào Níkè. Wǒ zài Měiguó jiāo guò liǎng nián Yīngwén, wǒ yǒu TEFL de zhèngzhào. Wǒ duì jiāoxué hěn yǒu rèchén, zuòshì hěn jījí, yě hěn xǐhuān Táiwān.

Wáng zhǔrèn : Wèishénme xiǎng lái wǒmen bǔxíbān gōngzuò?

Níkè : Yīnwèi guì bǔxíbān de xuéshēng zhǔyào shì értóng, érwǒ fēicháng xǐhuān hé xiǎoháizi xiāngchǔ, suǒyǐ lái guì bǔxíbān yìngzhēng.

Wáng zhǔrèn : Nǐ zài jiāoxué shàng céngjīng yùdào guò shénme tèbié zhuàngkuàng? Nǐ shì zěnme jiějué de?

Níkè : Céngjīng yùdàoguò xiǎoháizi shàngkè shàngdào yíbàn dǎ qǐ jià lái. Wǒ ràng tāmen fēnkāi zuò, ránhòu xiàkè wèn tāmen wèishénme dǎjià, zài gàosù yǔyán xuéxiào zhè jiàn shì.

Wáng zhǔrèn : Nǐ kěyǐ shuōshuō kan yǐ Zhōngwén wéi mǔyǔ de xuéshēng, zài xué Yīngwén de shíhòu, yǒu shénme xūyào tèbié zhùyì de dìfāng?

Níkè : Fāyīn fāngmiàn, xuéshēng bú tài huì fā [θ]. Wénfǎ fāngmiàn, zhǔcí shì-dì sān rén chēng dānshù shí, xuéshēng chángcháng huì wàngjì zài dòngcí hòumiàn jiā "s", lìngwài, yě cháng huì wàngjì gǎibiàn dòngcí de tense hé aspect.

Wáng zhǔrèn : Hǎo, Miànshì jiéguǒ wǒ guò jǐtiān huì dǎ diànhuà tōngzhī nǐ.

Níkè : Hǎo de. Xièxie nín.

After Nick receives notification of the interview for a job at the training school, he goes to the school for an interview.

Nick : Hello, I am here for an interview. My name is Nick Johnson.

Tracy : Please follow me to the visitor's room.

Nick : Ok.

Tracy : Have a seat. Have some tea.

Nick : Thanks!

（10 minutes later, Director Wang comes in. Nick stands up and shakes hands with him.）

Director Wang : Hello.

Nick : Director Wang, hello. I'm Nick.

Director Wang : Make yourself comfortable, please sit.

Nick : Thanks.

Director Wang : Please introduce yourself to me a little.

Nick : My name is Nick. I have taught English for two years in America. I have a TEFL certificate and I am very passionate about teaching. I am very energetic, and I really like Taiwan.

Director Wang : Why do you want to teach at our cram-school?

Nick : Because at your (respectful) school, teaching children is the most important thing, and I also really enjoy working with children. So, I have come to your school looking for work.

Director Wang : In your teaching experience, have you come across any unusual situations? How did you resolve them?

Nick : I have had children starting a fight in class. I separated them, and after class I asked them why they started the fight, and also told the school of the event.

Director Wang : Can you think of any difficulties students may have, for whom Chinese is their mother tongue? In learning English, are there any important areas to pay attention to?

Nick : When it comes to pronunciation, students can't really pronounce the [θ] "th" sound. As for grammar, when using the 'third person singular,' students often forget to add an 's' to the verb. Other than that, students often forget how to conjugate verbs.

Director Wang : Ok. That's it for the interview. I will contact you by phone in a couple of days.

Nick : OK. Thank you very much.

補充生詞 Additional Vocabulary

應徵項目	yìngzhēng xiàngmù	Position Applying For
希望待遇	xīwàng dàiyù	Expected Salary
居留證號碼	jūliúzhèng hàomǎ	Resident Number
婚姻狀況	hūnyīn zhuàngkuàng	Marital Status
學歷	xuélì	Education
工作經歷	gōngzuò jīnglì	Work Experience
自傳	zìzhuàn	About Yourself

姓名	尼克 Nick Johnson	性別		男	貼照片處
聯絡電話	0911000222	出生年月日		1980.11.02	
通訊地址	桃園縣中壢市中北路200號				
電子信箱	nj1234@gmail.com				
應徵項目	英文教師				
希望待遇	三萬元/月				
國籍	美國	登入證號碼 （居留證號碼）		029304920	
婚姻狀況	未婚	護照號碼		349202000	
學歷	校名			科系	
	加州大學英文系學士			英文系	
工作經歷	工作單位	職位		時間	
	California ABC Language School	英文老師		07/01/2007 ~ 06/30/2009	

語言能力	語言	聽	說	讀	寫
	英文	非常好	非常好	非常好	非常好
	中文	好	好	普通	普通

自傳

　　您好，我叫尼克。我來自美國。我很喜歡教英文。我在大學時主修英語教學，另外我還修了與教育相關的課程。我在美國曾經在California ABC Language School教過兩年英文，另外我有TEFL的證照。

　　聽說貴補習班的教學環境及風氣很好，而且教學對象主要是兒童，讓我非常想在這種環境下工作。希望 貴補習班能給我這個機會。

Unit 1　介紹 Introductions

1-1練習

1.他一邊洗澡，一邊唱歌。

2.她一邊看，一邊唸。

複習

1.（3）

2.（3）

3.（2）

4.我給你介紹一個朋友。他是×××，是我的好朋友。

5.你做的蛋糕真好看。如果少放一點糖，就又好看又好吃了。

6.各式各樣/看起來/儘量/考慮

Unit 2　感謝 Thanks

2-3練習

1.看來他的工作可能出問題了。

2.看來你可能變胖了。

3.看來我不能出去玩了。

複習

1.（2）

2.（3）

3.（2）

4.感謝你幫了我很多忙。這個周末你有空嗎？我想請你吃飯！
　會，我會繼續邀請他。

5.真不知道該怎麼感謝妳。

6.趟/感興趣/看來/口福

Unit 3　問候 Greetings

3-3練習

1.他跑完步了。

　他跑完步，就喝水了。

2.她看完電影，就回家了。

複習

1.（3）

2.（1）

3.（3）

4.人來就好了，不用這麼客氣。晚上留下來吃飯吧。

5.好巧啊！我家也是往這個方向走。那麼，我們就一起走吧。

6.不是，我要去圖書館。

Unit 4　請求 Requests

複習

1.（1）

2.（2）

3.（3）

4.可不可以幫我買一瓶飲料呢？

5.我身體不太舒服，要提早回去。可不可以麻煩你幫我跟老闆說一聲呢？

6.可以麻煩妳先到餐廳等我，好嗎？

Unit 5　邀約 Invitations

5-2練習

1.我正好帶了傘，妳拿去用吧。

2.我正好有一些紙，這樣夠嗎？

3.我剛要出門的時候，美惠正好打電話來，說她今天有事，不能去了。

複習

1.（1）

2.（3）

3.（3）

4.(1) 布萊恩：我去的時候，那家店正好賣完了。

　(2) 布萊恩：好，我現在去別家店看看。

5.a.妳今天下午有空嗎？

　c.那麼還等什麼？

6.同事/慶生/派對/補送/數位相機

Unit 6　拒絕 Refusals

6-3練習

1.嗯，她一看到我們，就笑得很開心。

2.只要補習班一下課，他就來找美惠。

複習

1.（3）

2.（3）

3.（2）

4.不好意思，我在趕時間。

5.真不好意思，我可能沒辦法幫你。

6.我最近手頭有點緊。

Unit 7　抱怨 Complaining

7-3練習

1.鄰居老是在半夜唱歌，吵得我不能睡覺。

2.他老是忘記我的生日。今年他又忘了，所以我們分手了。

3.我的同事老是沒來上班，大部分的程式都要我一個人寫。真的累死我了。

複習

1.（1）
2.（1）
3.（2）
4.那家餐廳的服務生態度不好，菜也不好吃，價錢又貴，下次別去那家餐廳吃飯了。
5.你真的不能來嗎？那麼，我就和別的朋友去玩了。
6.不好意思，可以請你們不要在三更半夜唱卡拉OK嗎？這樣住在附近的人都沒辦法睡覺。

Unit 8　建議 Suggestions

複習

1.（3）
2.（2）
3.（3）
4.我建議你可以每天抽一點時間運動。
5.現在大家還有沒有意見？沒有的話，我們來投票表決吧！
6.測驗/其實/建議/比如說/加強

Unit 9　誇張 Exaggerations

9-1練習

1.林媽媽的鳳梨酥做得跟師傅一樣。
2.他的眼睛細得跟一條線一樣。
3.他打呼的聲音跟打雷一樣。

複習

1.（2）
2.（3）
3.（3）

4.會，因為我想讓我的好朋友知道他的另一半不是一個好人。

5.你再瘦下去就會變成紙片人，這樣不好。

6.今天是太陽打西邊出來啊!? 你會做晚餐給我吃!?

Unit 10　讚美 Praise

複習

1.（3）

2.（3）

3.（3）

4.美惠：不是，這是我跟我媽媽逛街的時候，她買給我的。
　　怡君：妳媽媽真有眼光。

5.幸好有你幫忙，不然我就可能開天窗了。

6.你們的小孩很孝順也很乖巧。你們真有福氣。

Unit 11　威脅 Threats

11-2練習：

一旦……就……

1.妳一旦成為大明星，就沒有隱私權了。

2.我一旦決定的事，就不會改變。

除非……否則……

1.除非你花時間準備TOCFL考試，否則你沒辦法通過。

2.除非你帶游泳圈，否則你不能跟朋友一起去玩水。

複習

1.（1）

2.（2）

3.（3）

4.除非你不再遲到、不再在上班的時候睡覺，否則你就準備回家吃自己吧！

5.我不會認輸的！

6.店員：我們的商品一旦售出就不能退費。

　　尼克：那麼你們可以幫我修理我的鍵盤嗎？

　　尼克：什麼!? 除非你給我一個交代，否則我就在這裡等你們老
　　　　　闆回來！

Unit 12　斷言 Assertions

12-1練習

1.只是逛街而已，不買東西。

2.她只是想睡覺而已。

3.他只是說說而已。

12-2練習

1.為了減肥，雅婷每天都去晨跑。

2.為了買一台新的筆記型電腦，布萊恩開始省下買零食的錢。

3.為了給媽媽買生日禮物，小明去打工賺錢。

複習

1.（2）

2.（3）

3.（2）

4.他每次都只是說說而已。

5.抽獎/獎品/慰勞

6.我有一個朋友，她是國小老師。她喜歡聽音樂、看小說、也很會
　做菜。雖然她常常忘記事情，可是**每次都**很熱心助人。你**一定**想
　認識她。我哪天找時間給你們兩個人介紹、互相認識一下。

釀語言9　PD0020

實用生活華語
──掌握語用情境溝通、對話的秘訣

主　　編	黃麗儀
作　　者	黃麗儀、張瑛、林姵君、鄭瑋、陳禾霏、劉怡華、 David Strand龍笛
責任編輯	廖妘甄
圖文排版	賴英珍、張慧雯
封面設計	陳佩蓉

出版策劃	釀出版
製作發行	秀威資訊科技股份有限公司 114 台北市內湖區瑞光路76巷65號1樓 電話：+886-2-2796-3638　傳真：+886-2-2796-1377 服務信箱：service@showwe.com.tw http://www.showwe.com.tw
郵政劃撥	19563868　戶名：秀威資訊科技股份有限公司
展售門市	國家書店【松江門市】 104 台北市中山區松江路209號1樓 電話：+886-2-2518-0207　傳真：+886-2-2518-0778
網路訂購	秀威網路書店：http://www.bodbooks.com.tw 國家網路書店：http://www.govbooks.com.tw
法律顧問	毛國樑　律師
總 經 銷	聯合發行股份有限公司 231新北市新店區寶橋路235巷6弄6號4F 電話：+886-2-2917-8022　傳真：+886-2-2915-6275

出版日期	2014年6月　BOD一版
定　　價	400元

版權所有・翻印必究（本書如有缺頁、破損或裝訂錯誤，請寄回更換）
Copyright © 2014 by Showwe Information Co., Ltd.
All Rights Reserved

Printed in Taiwan

國家圖書館出版品預行編目

實用生活華語：掌握語用情境溝通、對話的秘訣 / 黃麗儀等合
著；黃麗儀主編. -- 一版. -- 臺北市：釀出版, 2014.06
　　面；　公分. -- (釀語言；PD0020)
BOD版
ISBN　978-986-5696-17-7(平裝)

1. 漢語　2. 讀本

802.86　　　　　　　　　　　　　　　　　103007255

讀者回函卡

感謝您購買本書，為提升服務品質，請填妥以下資料，將讀者回函卡直接寄回或傳真本公司，收到您的寶貴意見後，我們會收藏記錄及檢討，謝謝！
如您需要了解本公司最新出版書目、購書優惠或企劃活動，歡迎您上網查詢或下載相關資料：http:// www.showwe.com.tw

您購買的書名：_____

出生日期：_____年_____月_____日

學歷：□高中 (含) 以下　　□大專　　□研究所 (含) 以上

職業：□製造業　□金融業　□資訊業　□軍警　□傳播業　□自由業
　　　□服務業　□公務員　□教職　　□學生　□家管　□其它_____

購書地點：□網路書店　□實體書店　□書展　□郵購　□贈閱　□其他

您從何得知本書的消息？

　　□網路書店　□實體書店　□網路搜尋　□電子報　□書訊　□雜誌

　　□傳播媒體　□親友推薦　□網站推薦　□部落格　□其他_____

您對本書的評價：（請填代號　1.非常滿意　2.滿意　3.尚可　4.再改進）

　　封面設計____　版面編排____　內容____　文／譯筆____　價格____

讀完書後您覺得：

　　□很有收穫　□有收穫　□收穫不多　□沒收穫

對我們的建議：_____

_____

_____

_____

請貼
郵票

11466
台北市內湖區瑞光路 76 巷 65 號 1 樓
秀威資訊科技股份有限公司　　　收
BOD 數位出版事業部

....

（請沿線對折寄回，謝謝！）

姓　　名：_____　年齡：_____　性別：□女　□男

郵遞區號：□□□□□

地　　址：_____

聯絡電話：(日) _____　(夜) _____

E-mail：_____